O Canto do Galo

COLEÇÃO
COTIDIANAS

O Canto do Galo

Jean-Michel Lartigue

Baseado em parte no livro *La Fille d'Ipanema*
de Jean-Michel Lartigue & Paul Sberro
(éditions Bénévent – France)

Casa do Psicólogo®

ALL BOOKS®

1ª Edição
2004

Editores
Ingo Bernd Güntert e Myriam Chinalli

Produção Gráfica & Editoração Eletrônica
Renata Vieira Nunes

Capa
Raoni Monteiro

Ilustração de Capa
Maria Clara Fernandes

Foto do Autor
Marie Lartigue

Revisão Gráfica
Adriane Schirmer

Dados Internacionais de Catalogação na Publicação (CIP)
(Câmara Brasileira do Livro, SP, Brasil)

Lartigue, Jean-Michel
O canto do galo / Jean-Michel Lartigue — São Paulo: Casa do Psicólogo®, 2004. — (Coleção cotidianas)

"Baseado em parte no livro "La fille d'Ipanema" de Jean-Michel Lartigue & Paul Sberro (éditions Bénévent-France)".

Bibliografia.
ISBN 85-7396-311-5

1. Crônicas brasileiras 2. Relações interpessoais I. Título. II. Série.

04-2862 CDD-158.2

Índices para catálogo sistemático:
1. Crônicas: Literaturas: Psicologia aplicada 158.2

Impresso no Brasil
Printed in Brazil

Casa do Psicólogo® Livraria e Editora Ltda.
Rua Mourato Coelho, 1.059 – Vila Madalena – CEP 05417-011 – São Paulo/SP – Brasil
Tel.: (11) 3034.3600 – *E-mail*: casadopsicologo@casadopsicologo.com.br
http://www.casadopsicologo.com.br

Agradeço a Luciana, amiga sincera que acompanhou com carinho a gênese do livro; a Rosi, revisora de coração e caçadora implacável de pontuações erradas; a Paul, companheiro de aventura literária na França.

Sumário

Corpus triste

O amor é lindo

Cantos da vida

Prefácio

Jean-Michel Lartigue é um caso singular na literatura brasileira ou na de qualquer outro país. Não é comum encontrar-se texto de qualidade, produzido por quem não seja nativo do idioma. Diferentemente de Clarice Lispector, o francês Jean-Michel aportou em terras do pau-brasil adulto e já formado. Aqui aprendeu o português, cujas nuances e variações domina como poucos.

O texto é leve, atraente, com amplo domínio não só do idioma mas da vida. Com o olhar observador e arguto, Jean-Michel vai desnudando as trivialidades do cotidiano, conferindo-lhes um novo sentido, ora redescobrindo, ora reinventando como em Pôncio Pilatos, A Toalha ou Nunca Mas.

Nestas crônicas deliciosas, o leitor e a leitora mais exigentes hão de encontrar a graça inteligente e elegante do espírito francês, seja nos temas ditos escabrosos, aqueles que nossas avós aconselhavam deixar em privado, seja nos recorrentes da morte e separação. Nelas – conflitos, relação pai e filha, desemprego, amor, trabalho, – tudo é revolvido e revisto sob novo ângulo, dissecado com humor e irreverência.

Finalmente, para aqueles que estamos exaustos da estética de Hollywood e seus clichês, estas crônicas são um refresco, um *champagne* borbulhante e saboroso de qualidade de texto e de *savoir vivre*. É um texto brasileiro, sim, temperado pelo espírito francês.

Silvia Cintra Franco

Corpus triste

Xi! De novo!

A cena é terrível e cotidianamente recorrente para qualquer mulher que vive com um homem.

A cerâmica da privada, minutos antes tão lisa e reluzente, parece agora um quadro da escola pontilhista. "Impressão amarela em paisagem de neve". Traduzindo: foi "lavada" a jato pelo senhor do castelo, cronicamente incompetente em ajustar a mira do tubo de escape dos seus líquidos ácidos. Incompetente, e insistente, com aquela devastadora chacoalhada final para livrar o instrumento das últimas gotas. Credo!

Se, além de marido, a infeliz também tiver filhos, aí a situação se torna quase insuportável. Lamentavelmente, os estragos urinários dos machos domésticos nunca são avisados em manuais pré-nupciais ou em anúncios românticos de "procura sua alma gêmea" na internet.

Tudo isso porque uma questão simples, porém fundamental, ainda não foi devidamente respondida pela humanidade: por que diabo os homens teimam em urinar de pé, em vez de sentados, como fazem as mulheres? Elas podem até deixar as calcinhas penduradas no chuveiro, mas pelo menos não metralham as privadas com xixi fora de controle.

Então, senhores, moços, garotos, não importa a idade, mudem sua postura! Na hora agá, agachem-se na elipse do assento bege ou rosado! Dizem até que a posição sentada é melhor para a próstata. Como outra pesquisa médica afirma que a masturbação também é boa para a próstata, são duas excelentes razões para se sentar e manter o brilho da privada. São inumeráveis as disputas que serão evitadas dessa forma, incontáveis os casais salvos pela adoção, por parte dos homens, de uma atitude tão sensata quanto sentada.

Outra vantagem, a possibilidade de abolir a não mais justificada divisão espacial dos toaletes entre femininos e masculinos, em locais como *shopping centers*, museus, universidades, meios de transportes, etc. E com isso evitar a duplicidade de privadas públicas, gerando nos centros urbanos uma economia substancial de valiosíssimos metros quadrados. Enfim, é sabido que urinar em comunidade suscita, até pelo relaxamento que propicia, a troca de confidências. Reunir mulheres e homens num mesmo local será benéfico para o convívio social intergêneros. A nação inteira agradecerá.

Quem poderia imaginar que o simples ato de um homem fazer xixi, sentado, ficaria aureolado de tantas virtudes?

Certamente não a cerâmica, outrora tão manchada de auréolas bem mais tristes.

O orelhismo

Começa com uma olhada no espelho. Uma olhada anódina, de fim de barbear, quando a gente passa a mão no queixo para apreciar o resultado. O rosto parece familiar, o nosso rosto de todo dia, limpo e refrescado. Um pouco de olheiras talvez, a noite tinha sido longa, e essa pintinha, em cima do lábio, será que está crescendo, hum, seria bom marcar uma consulta com o Doutor Sérgio. Mais tarde, quando der.

E aí, sem avisar, de mansinho, o olhar deriva para as orelhas. No início, nada acontece. Elas também são familiares, estão ali há tanto tempo afinal. Mas, depois de alguns segundos de observação, uma sutil mudança ocorre. A serenidade da ablução matinal cede lugar a um certo desconforto. E logo a uma franca ojeriza. É como se a gente descobrisse pela primeira vez a incongruência desses pastéis orientais colados aos canais auditivos. A gente se acha ridícula, desumana, igual palhaço. A orelha invadiu o espaço!

Fugir do espelho saindo do banheiro não adianta. É só dar de cara com a mulher ou com as crianças para perceber imediatamente que não se trata de um caso isolado. Elas também foram contaminadas. São estranhas, diferentes, assustadoras quase. E a epidemia se alastra rapidamente. Os amigos, os vizinhos, o porteiro do prédio, o assaltante de carteirinha... Todos, grotescos, a cabeça ocultada pela folha de alface rosada, o rosto desfigurado pela dobradinha hipertrofiada. É um verdadeiro pesadelo. A humanidade anda possuída, e ninguém para dar ouvidos a nossa solitária consciência do drama.

A orelha desafia a gente. Está aí, segura de si, feito *bacon* soberano, *paillard* sem *fettuccine*, enorme, medonha. Com a idade, ela dobra de volume. Por que ela? A vida é injusta.

Durante anos, ela consegue ficar invisível aos nossos olhos. Do jeito dela. Essa esperta sabe que a melhor maneira de passar despercebida é se mostrando. Ela então se exibe descaradamente. Uma vitrine de jóias. Adorna-se, fura-se, veste-se. Dá na vista de todos. E ninguém a vê. No entanto está aí pendurada. Gigante. Vários elementos, um pavilhão, um lóbulo.

Ah! O lóbulo! Sem dúvida uma das partes mais fascinantes da nossa anatomia. Uma gota solidificada! Não se sabe exatamente para que pode servir. Então a gente dá umas puxadinhas. As crianças dão piparotes. Os mais talentosos acabam professores de escolinhas. Mas é inútil querer achar alguma utilidade.

A orelha não serve absolutamente para nada. Bate um desespero às vezes. De onde vem? Ninguém sabe dizer.

A não ser que se bote fé numa lenda remota que afirma que ancestrais de oculistas teriam conseguido modificar geneticamente a espécie humana...

As mãos de Pilatos

Pôncio Pilatos, na hora de despachar Jesus para o sacrifício que iria mudar a história da humanidade (isso talvez seja um ligeiro exagero, já que aproximadamente quatro dos seis bilhões de seres humanos não dão a mínima para a fé cristã), pronunciou essas palavras fatídicas: lavo as minhas mãos.

O que nos ensina essa máxima tão analisada por estudiosos cristãos posteriores? Primeiro que Pilatos não era maneta, mas essa observação não parece ser assim de grande valor (ele provavelmente acharia que sim).

Certamente, a frase indica que ele tinha um senso apurado de higiene pessoal. Essa reflexão, sim, merece nossa atenção. Não era a primeira hora da manhã, logo depois do despertar, quando as pessoas se dedicam às suas abluções matinais. Tampouco era a hora que precede imediatamente uma refeição. Em que outro momento homens lavam suas mãos? Bingo! Na hora do xixi!

Pilatos acabara de fazer xixi? Pois é isso que pessoas bem-criadas costumam fazer, não é mesmo? Lavar as mãos depois de urinar, para supostamente livrar os dedos e as palmas dos micróbios que se espreguiçam em cima do objeto mijador?

Isso parece uma medida excelente, mas... Mas não seria um hábito estranho, curioso, e, de fato, equivocado, por parte do homem? Pensem bem, nas horas que precedem o tal instante uretral, que podem ser longas se a pessoa não é nem incontinente, nem *aquálatra* inveterada, o que fazem as benditas mãos? Onde se metem? O que tocam?

Pois tocam o jornal, cheio de sangue, mas principalmente de tinta fresca, pegam na maçaneta da porta do carro, inocente e poluída vítima do trânsito, exploram o interior misterioso do nariz, momento de certo prazer para driblar o estresse da circulação — câmbio automático ajuda nessas horas — ou ainda recolhem carinhosamente as caspas do cabelo da namorada com uma carícia tenra, enfim, ficam em contato com impurezas mil que deixam as mãos uns verdadeiros *bacteriódromos*.

Coitado do nosso cano sanitário incorporado, que depois do banho matinal dormia quieto e limpo na sua alcova de algodão, ser tirado assim do sono pela pressa da bexiga e agredido sem pudor por dedos contaminados!

Não é depois de fazer xixi que se deve lavar as mãos, mas antes! Os romanos, seres refinados e que adoravam tomar banhos, evidentemente sabiam do procedimento correto quando do aperto úrico. Pilatos, longe de demonstrar desinteresse pelo destino de Jesus, estava simplesmente informando os seus interlocutores, da forma polida que caracterizava pessoas de sua categoria, que estava indo fazer xixi. Depois voltaria para recomeçar a conversa.

Mas quando voltou já haviam levado o profeta.

O mistério do órgão esquecido

O ser humano cuida cotidianamente de sua higiene corporal. Toma banho de chuveiro, de banheira, de ofurô, ensaboa-se, esfrega-se. Em resumo, lava-se. O rosto, o pescoço, os dentes, os cabelos, a orelha, o contorno e o interior das partes íntimas, os interstícios dos dedos dos pés, a dobra do joelho, o calcanhar-de-aquiles, o monte de Vênus, o pomo-de-adão, nada escapa à sua criteriosa investigação limpadora.

Nada mesmo? Será?

Agora digam, conhecem muitas pessoas que lavam... o interior do nariz?

Pois é, é bem provável que poucos são os que a ele dispensam a atenção devida. O que é muito triste, considerando que do outro lado — que lado? — não são poucos os que insistem em enfiar os dedos dentro, dele retirando com uma regularidade desoladora diversas substâncias impuras. Substâncias essas, que, pasmem, certos ousam até saborear! E nem sempre se trata de moleques resfriados...

Francamente, ficaríamos bem inspirados em não esquecer as narinas. Não faltam razões para limpar os pêlos nasais: melhorar a faculdade de filtragem, facilitar a respiração, manter o faro aceso.

Sem falar do aspecto dos orifícios. Dançar com uma pessoa baixinha cujo olhar se perde nas nossas cavidades pilosas pode ser uma experiência constrangedora. Para ficar à altura de suas aspirações sentimentais, melhor, portanto, dar uma geral nos seus próprios tubos respiratórios.

Muito bem, mas como? É que faz uma enorme falta um instrumento adequado. A toalha é evidentemente grossa demais, e o cotonete pequeno demais. Em questão de tamanho, o ideal seria entre este último e a escova de dente. O formato das escovas para limpar as mamadeiras poderia convir: cabo fininho e pêlos de todos os lados. Poderíamos até mesmo adaptar fragrâncias aos pêlos: hortelã, eucalipto, amêndoa. Não, amêndoa não...

No fim, o mais natural, que cairia como uma luva a todos os consumidores, seria uma luva mesmo, a luva de dedo, em algodão elástico para ajustar-se, coladinha, ao indicador. Como um preservativo dedal para manter a pureza do canal.

Secos e molhados

É uma evidência, de um povo ao outro, os hábitos higiênicos diferem. Às vezes, é na falta de hábito que reside a diferença. Por exemplo, os brasileiros ficam espantados com a freqüente separação, nas casas francesas, dos locais da privada — sem a presença sistemática de pia ao lado — e do chuveiro. Franceses não lavam as mãos? Resposta: claro que sim (de vez em quando), é só andar dois metros.

Do outro lado do espelho das maravilhas, qualquer europeu se perde em abismos de reflexão ao se deparar, nos toaletes brasileiros, com a arte contemporânea dos papeis higiênicos pichados deixados à mostra nos cestos. Os mais cultos acham que é *performance* pura (pura!?), e concluem que o povo brasileiro tem senso nato de arte popular. A maioria fica simplesmente de boca aberta. Mas a fecha em seguida.

No fundo, quando se trata de higiene, o divisor de águas é... a água. Não a água que todos bebem — até alcoólatras xiitas chegam a colocar gelo no uísque — mas a água que serve para dissolver a sujeira. Essa parece afugentar mais de um, entre eles alguns esquimós e um certo número de franceses. Uma pena. Um distúrbio psicológico?

Pois, se, como dizia Descartes (um filósofo do século XVII cujos retratos deixam a nítida impressão de que ele não lavava o cabelo), a razão é compartilhada por todos os seres humanos, há de se lembrar que outro pensador disse que é preciso ter "*mens sana in corpore sano*", um espírito são num corpo são, ou seja, "quem não se lava se trumbica" e se arrisca a perder essa mesma e tão democrática razão.

É bem verdade que uns até abusam da água, contribuindo para colocar em perigo as reservas do planeta. Compulsivamente atraídos por torneiras, não sabem entrar em um lugar sem se precipitar imediatamente até a pia mais próxima. Alucinados por sabonetes, xampus e sais de banho, precisam lavar as mãos a cada cinco minutos, tomar banho a cada hora, parafusar-se ao bidê depois de cada soluço intestinal. Costumam ser vistos percorrendo corredores de escritórios de manhã e de tarde, uma escova de dente nas mãos, o olhar fixo, a boca fechada e o passo apressado. Tais quais viciados em drogas pesadas, vivem pedindo água, como se estivessem sempre em falta da próxima ablução redentora, em busca de uma injeção de limpeza para aliviar a angústia.

Mas o que nos interessa aqui são os outros, os que abusam em sentido oposto. Estes dão voltas supérfluas nos supermercados só para não passar no meio dos produtos de higiene pessoal, sofrem de cãibra repentina quando se aproximam do banheiro — o que eles evitam fazer, claro — acham que chuveirinho é apenas um termo de futebol, xampu um grupo de *soft pop* e condicionador um aparelho de produzir frio. Usam a banheira como depósito e o bidê como porta-revistas (gostam de ler quando...). Os mais radicais até deletaram do vocabulário pessoal uma série de palavras que consideram sujas (!), como sabonete cremoso — que meleca! — ou antissépticos. Esta, custa a acreditar.

São os *aquáfobos*. Sofrem sem perceber, mas outros percebem por eles. Confrontadas ao aroma insistente dos *aqualérgicos*, até pessoas bem-educadas torcem o nariz. Petições de vizinhos às vezes ajudam a obrigar vítimas da aquafobia a tomarem banho. Quando não funciona, resta o recurso do mandado judicial.

Tem que se admitir, nessa história toda, os franceses não são 100% limpos. Mas desculpa tem. É que são muito desagradáveis, aliás, ponha superlativo nisso, são intoleráveis, esses segundos durante os quais, no frio dos azulejos matinais, o corpo angustiado recebe tremendo o jato ainda desajustado e gelado! Um estresse que vem logo depois de outro, provocado pelo despertador. Uma sensação de pavor aquatérmico exclusiva das zonas de inverno impiedoso e longo.

Resoluto a livrar os seus compatriotas do opróbrio, um amigo meu, engenheiro, achou uma solução perfeita e elegante: o banho a seco. Melhor, o banho a seco, sem precisar tirar a roupa. Nem os sapatos.

Basta entrar no compartimento e ligar o aparelho. Ondas iônicas imediatamente começam a consumir toda e qualquer impureza presente no corpo e na roupa. Um processo de 20 a 30 segundos, no máximo, resultando em uma esterilização absoluta. Dispensados cremes, géis e pastas gordurosas e alcalinas (os sabões), adeus, embalagens plásticas, que levam séculos para ser eliminadas. Um grande feito ecológico que se soma à redução drástica do desperdício dos recursos hídricos, já que não se lava mais com água. Nem mesmo as toalhas, agora inúteis. Tudo isso graças à engenhoca que esse amigo inventou!

Seria uma maravilha, se eu não tivesse inventado o meu amigo.

Quente ou frio?

A morte é uma coisa fora de série. Aliás, a cada dia que passa está ganhando mais importância em nossas vidas.

A *crioconservação* está na moda. Trata-se de uma prática no mínimo curiosa, já que consiste em congelar um sujeito antes de ele ficar frio para sempre. Com a esperança de que os progressos da medicina permitam fazer a pessoa voltar à vida depois de alguns anos. Ou décadas. Ou séculos.

Algumas empresas americanas já exploram o nicho do mercado emergente da *crio*, e a coisa promete esquentar bastante. Milhares de clientes em busca de congelamento precoce fervilham de impaciência em filas de espera de vários anos.

O Alberto foi um dos primeiros terráqueos tupiniquins a experimentarem a maravilha. Tinha um excelente motivo, mas o coitado se deu mal. Era engenheiro, astrofísico e matemático renomado, especialista em falhas de planos temporais dos universos paralelos. Ou coisa do gênero. Estava a um fio de pôr a última mão na máquina que iria revolucionar a história da humanidade, pelo menos a sua própria, a máquina do tempo, quando foi acometido por um tumor cerebral fulminante. Alberto não ia ter tempo de concluir sua obra e, se tivesse, seria grande o risco de algo sair errado, já que o tumor não deixava em paz uma quantidade apreciável de neurônios por sinal naturalmente estressados.

Alberto entrou na fila da *crio* e, por ser um cérebro especialista em buracos negros, ou coisa do gênero, conseguiu furar a fila e ser congelado quase que imediatamente. Não teve tempo nem de suspirar, lá estava ele no freezer. Pretendia, é claro, ser acordado no futuro, com seus neurônios livres do bichinho incômodo, e poder terminar sua proeza de engenharia quântica. Ou coisa do...

Parece que funcionou, até certo ponto. Mas parece também que nunca conseguiu acertar o relógio da máquina do tempo, e voltava invariavelmente no momento exato em que estava sendo enfiado na geladeira da *crioconservação*.

"Numa fria uma vez, numa fria sempre", dizia o *slogan* da companhia.

Coitado do Alberto.

Quente ou frio? (segunda parte)

Há quem considere que o único lugar decente após a morte é o céu. Graças a Deus, o homem reduziu a distância que separa os aspirantes celestiais do destino final de suas almas. Manda cinzas de defuntos para o espaço...

— Bem-vindo à Flying Ashes Inc., em que posso ajudar, senhor...?

— Valdir. Boa tarde, moça, é que eu vi o anúncio de vocês na tevê ontem e me interessei. A imagem da estação cemitério rodando no espaço sideral, o som da valsa Danúbio Azul acompanhando, achei muito legal. Me lembrou vagamente algum filme, mas não consigo saber qual. Alzheimer já não deixa, hê hê!

— Obrigada, senhor Valdir. Esse anúncio tem recebido muitos elogios mesmo. É do nosso produto estrela, se assim podemos dizer. "Cemitério nas Estrelas". Mas o produto mais vendido é o "Laranja Azul".

— O “Laranja Azul”?

— Correto. O nosso diretor de marketing acha que a Terra se parece com uma laranja azulada quando vista do espaço. É um poeta! O senhor quer saber como funciona?

— Quero, sim.

— Muito bem. Primeiro, o senhor falece — espero que o senhor não tenha nada contra — esta é uma fase obrigatória do processo, na qual por contrato nunca intervimos. Finalizada essa etapa, cremamos o corpo do senhor, depositamos as cinzas em uma urna numerada e personalizada, e no próximo lançamento programado, o nosso satélite exclusivo Hades Patres coloca as cinzas do senhor em órbita terrestre. O senhor tem a opção de órbita estacionária, na vertical exata do ponto de sua escolha, por exemplo o jazigo de sua família, o campo de treino do seu time predileto, o seu motel preferido, o que o senhor quiser mesmo, ou então pode optar pela órbita giratória.

Quatrocentos dólares por grama de cinza, pagamento antecipado, sem parcelamento. Aceitamos todos os cartões de óbito.

— Gostei. Esse eu vou querer para mim. Agora, eu queria oferecer outro de presente para alguém especial, que eu quero mandar pra bem longe.

— Nesse caso recomendo o “Luar de Gel”. É como o “Laranja Azul”, mas a órbita é lunar em vez de terrestre. Custa mil dólares o grama de cinza.

— Não faz mal, é para o amante da minha mulher. Garanto que não vai sobrar muita massa para ser cremada. Vai me sair barato no final.

— Bom, como expliquei para o senhor, seu Valdir, a companhia não se envolve na fase preliminar à cremação.

— Sei, sei. Me diz uma coisa, e o tal de “Cemitério nas Estrelas”, o que é?

— É um verdadeiro cemitério localizado no interior da Estação Espacial Internacional. A grande vantagem é que o senhor pode reservar um jazigo familiar, ter uma placa com o nome do senhor, e seus parentes podem comprar pacotes turísticos para visitar a Estação, recolher-se em frente à sua urna e até deixar um arranjo de flores quimicamente reconstituídas. Maravilhoso, o senhor não acha, seu Valdir? Cinco mil dólares o grama de cinza. Interessa?

Mas o Valdir não se interessou não, e ficou girando acima do Trópico do Capricórnio. Até que os parentes gostaram. Escapavam da obrigação de ir ao cemitério nos dias de finados. E com um pouco de imaginação, ficava instrutivo para os mais jovens: "tá vendo, meu filho, esse ponto brilhante passando ao lado das Três Marias? É teu vô".

Quanto ao amante da mulher do seu Valdir, que queria passar o anel no dedo dela, virou pó mesmo. Curiosamente, um erro inesperado de trajetória o lançou bem longe da lua. De anel, só os de Saturno. As más línguas dizem que foi obra do seu Valdir. Teria pago um "por fora" à Flying Ashes Inc. para livrar as faces da Terra e da Lua do infeliz.

O amor é lindo

Igualdade dos sexos

— E aí? Como foi?

— Escute, foi bárbaro!

— Ai, Renata! Me conta, me conta!

— Bom, primeiro, antes de entrar no assunto que você sabe, a gente fala. Fala mesmo! Miriam, você nem imagina. Este homem sabe escutar uma mulher como ninguém! É doce, atencioso, preciso.

— Preciso?

— É, demais! Vou te dizer, nas mãos dele, é simples, eu me entrego com-ple-ta-men-te!

— Nossa, Renata, que coisa maravilhosa! E você o vê com que freqüência, sua sortuda?

— Bom, sabe da minha situação, não sabe? É claro que faço de tudo para vê-lo bastante atualmente. Mas a agenda dele está um horror. Tem que entrar na fila mesmo.

— Também, né, Renata? Com todo esse talento que você diz que ele tem, não é de estranhar que as mulheres fiquem doidas para conseguir uma horinha. Aliás, você prometeu me dar o telefone dele, lembra, Renata?

— Não se preocupe, querida, já te passo. Amigas têm de compartilhar essas coisas.

— Ô, Renata, e teu marido? Te acompanha de vez em quando?

— Imagina! O Eduardo? Me acompanhar ao ginecologista? Ele não quer nem saber. Eu poderia estar esperando trigêmeos que não levantaria o traseiro da poltrona!

Ah! O ginecologista! O profissional das moças e das senhoras. Vence a todos nós, marido, namorado, amante. É impossível competir. O da minha mulher levou dois minutos para ter acesso ao jardim secreto dela. Eu tinha levado dois meses! Eu mandava bilhete, levava ao cinema, teatro, baile, comprava flores, gastava uma grana preta. Se fizer as contas, até hoje estou no vermelho com ela. Ele? Ela que paga, é mole? Tô dizendo, não dá para competir.

E mulheres conversando sobre ginecologista, já ouviu? Nem eu! É assunto reservado. Quando a minha fala com a sua amiga Renata, me manda ficar na copa ou no quarto. Se estiver bem-humorada, me deixa encontrar os amigos no bar da esquina. Mas "ficar escutando, não senhor, pode ir, vai meu bem, vai, pode ir ver os amigos, e traz pão quando voltar".

Até quando tamanho privilégio feminino? A época está conclamando a igualdade entre os sexos. Ótimo! Irmãos masculinos, é hora de reivindicar nosso direito! Queremos ter também o "nosso" ginecologista!

Queremos nossa andrologista! Ou será *andróloga*?

Imaginem um pouco. Na sala de espera, *Vogue Homem*, *Placar*, *VIP*, e para disfarçar, a *Gazeta Mercantil*. O consultório é claro, de cores quentes, mas discretas. A mão que nos acolhe é ligeira embora franca, doce embora decidida.

Ela não perde tempo. Logo estamos de pernas pro ar. Ela já ligou sua lanterna frontal e focou sem pestanejar os atores principais de nossas noites amorosas. A consulta acaba de começar.

No mínimo duas vezes por ano, nossa *andróloga* — ou será andrologista? — nos propicia um momento de pura felicidade. Com direito a reembolso pelo convênio saúde.

Sabe tudo da nossa intimidade. Quando coloca as suas luvas de látex, respiramos confiantes, serenos. Sabemos que o exame será meticuloso.

Estimar o peso, apalpar, tocar para ter certeza que tudo está em ordem. Tomar as medidas, avaliar a circunferência. Proceder a uma bateria de testes sofisticados a fim de mensurar a inclinação e a pressão. Determinar o vigor e a resistência. Cronometrar a velocidade de saída das células reprodutoras, verificar a densidade, o gosto...

No bar da esquina, com os amigos.

— E aí, como foi?

— Escute, foi bárbaro!

— Ô Renato, me conta, vai, me conta, e quero detalhes, viu?

Pavlov Story

Quem já não viu namorados se beijarem, sentados em bancos ou deitados na grama no meio do parque ou no restaurante ou no terraço de algum café? Comove, não comove? Mas os apaixonados desta crônica são de uma espécie particular. Poderiam ser chamados de beijoqueiros compulsivos.

Geralmente, as pessoas que namoram em lugares públicos utilizam um registro amplo de comportamentos. Uma hora estão afundados em longos beijos apaixonados, outra se gratificam com pequenos gestos de carinho apenas. Ora se agarram até sufocar, ora deixam o tempo passar, lentamente, cabeça com cabeça. Os momentos se seguem, nunca iguais, como varia também a intensidade dos amassos e dos beijos.

Os beijoqueiros compulsivos adotam um único padrão. É o namoro de uma nota só. A do beijinho comportado, administrado no ritmo de um metrônomo. A cada dez segundos, pssu! um beijinho seco na boca. Não se trata na verdade de um beijo, beijo tipo beijão, entendem? Não, é algo mais diáfano, um simples toque labial sem pressão nem impulso. Algo parecido com um reflexo condicionado. Em todo caso, bastante instrutivo de ser observado. Pois não parece ser o prazer físico e sensual do beijo que os motiva, e sim uma necessidade fisiológica de estancar a sede do ser amado. É uma forma de dependência patológica, uma carência carnal mais do que afetiva, que os obriga a levar sem parar, quase mecanicamente, os lábios de um ao encontro dos lábios do outro, em um vai vém cervical que não deixa de lembrar o pombo ciscando. Eis a verdadeira origem da metáfora dos pombinhos. Cada toque labial propicia um alívio fugaz que chama imediatamente o toque seguinte.

Vale a pena tentar desacostumar os beijoqueiros compulsivos de uma dependência que parece não os afligir? Um laboratório até tentou comercializar certa vez um tratamento à base de *bicotina*, a ser aplicado na forma de adesivo no peito da pessoa. Sem sucesso. É que, muitas vezes, o amor é tão mais lindo e duradouro que ele passa tranqüilo, sereno... e no mais perfeito silêncio.

E quem vive de bico colado, vive de bico calado.

Gentleman

A sociedade é assim mesmo. Regularmente persegue os seus benfeitores, e relega os seus mais nobres espíritos ao nível de párias. Galileu é, provavelmente, o exemplo mais famoso desse paradigma. A vida gira, no entanto, e o tempo acaba recolocando as coisas no seu devido lugar, a Terra ao redor do Sol, e Galileu no Panteão dos servidores da humanidade.

Pois esperemos que assim seja com outro personagem importante das relações humanas: o amante.

Sim, o amante!

Sistematicamente dedurado pela sociedade, qualquer sociedade, o amante sofre injustamente. Dedurado por dedos nos quais brilham alianças evidentemente. Ser crucificado por ter ajudado outrem a pular a cerca, eis o castigo reservado a esse benévolo das relações amorosas.

Lamentável, quando se sabe quão nobre é a alma do amante. Quem um dia perceberá que ele é uma figura exemplar, digna dos agradecimentos daqueles mesmos que sentiram na pele a sua intromissão curativa? Pois o amante é a UTI dos casais à deriva. Nas inumeráveis uniões doentes que prolongam a sua fase terminal durante a vida toda, o amante enfia o bisturi com precisão cirúrgica exatamente onde dói, acabando com o abscesso maligno da hipocrisia.

Poucas pessoas têm tanta sensibilidade quanto ele. Capta como ninguém os pedidos de socorro e não sabe ignorá-los. Quantas mulheres já não se ajoelharam na frente dele, como se ele fosse um padre, perdidas, não sabendo mais o que fazer nem onde pôr a cabeça! É com uma mão segura e tenra que ele sempre as orienta na direção certa.

No fundo, ele é um altruísta. Um mágico capaz de metamorfosear totalmente a vida de muitos casais. Ele tem plena consciência do seu papel. Em certas situações sem saída, atuará apenas como catalisador da ruptura, sacrificando seu próprio ego no altar das liberdades recobradas. Em outras, mais delicadas, será o cavalheiro da luz, que se retira depois do dever cumprido. O amante assustou, chacoalhou o tédio conjugal e saiu de cena. Um momento em perigo, o casal doente, de cama, respira aliviado... e retorna para a cama.

Mas o amante não pede agradecimentos, não. Sabe que a vida é assim. Contenta-se com a lembrança dos momentos de felicidade oferecidos a esposas carentes e com o sentimento da compaixão para com os outros, principalmente quando outras.

Por tudo isso, o amante, com Aaah maiúsculo, deveria ser reconhecido por seu verdadeiro valor, lavado de toda ignomínia e louvado por todos os humanos. Principalmente quando humanas...

Para finalmente poder sair do armário no qual a sociedade o confinou.

Nunca mas

O amor é lindo, *mas* é complicado, ô como é complicado falar dele.

Mas... Pronto. Falei. A palavra maldita. A negação covarde do esforçado comentário gentil. "Nossa! Você falou superbem, meu bem, *mas...* você deveria ter sido mais clara, pois os outros não entenderam bulhufas. Aliás, nem eu". *Mas*. A injúria que avança mascarada, a tentativa estéril de dissimular o pensar verdadeiro. Culpado. "Claro que você está maravilhosa, *mas*, sei lá..." "mas o quê, sabe lá o quê?". Xi! Já era. Pecou. E o desastre só está começando. "Não, você está bem, juro, *mas*, quero dizer, enfim, essas botas...". "O que têm as minhas botas, hein?". Apenas duas perguntas e o tom dela já percorreu a gama completa: surpresa inquieta, irritação, agressividade raivosa. Você está encrencado. O pior (o pior?) é que as botas em questão não têm nada. É o resto inteiro que tem! O cabelo, com essa franja verde ridícula. A blusa, curtinha demais, deixando à mostra duas ondas de barriga. A saia até que tudo bem, mas o cinto! Podia falar? Claro que não podia. Mas o mal do *mas* já fora cometido. Então as botas iluminaram a escuridão do seu cérebro desamparado. "Calma, querida, não sei, acho que... acho que te engordam". Engordam? Deus!

E o furacão Betty baixou na sua praia...

Francisco e Josiane decidiram abolir o uso do *mas* na vida deles. Na vida, talvez seja exagerado falar, pelo menos nas conversas entre os dois. O que não faz a paixão. O amor é lindo. Se bem que, na verdade nua e crua, a idéia partiu de Josiane. E era só para Francisco a proibição do *mas*.

Por tabela, o *só que* e o *agora* também foram banidos — sabem, o *agora* do contra, tipo "você diz o que você quer, *agora* eu (insistindo no eu), eu acho que patati, patatá..." O patati, patatá não foi elencado nas proibições, porque Josiane não atentou para o caráter pernicioso da expressão. O *no entanto*, apesar de ser claramente negativo, foi desconsiderado. Josiane decretou que *no entanto* não se falava, se escrevia, e que entre marido e mulher não se escreve, é preciso se falar. Pois não tardou muito para as falas dos dois tomarem um jeito surrealista, tamanho o medo do Francisco de cometer um ato irreparável.

Na porta do banheiro, Francisco, embora tímido, mas o relógio andando, tinha de arriscar:

— Você está pronta, querida? Vamos nos atrasar.

— Estou. E aí?

E aí, o que mais temia Francisco acabara de acontecer. Sua mulher não podia simplesmente estar pronta, pegar a bolsa dela e acompanhá-lo docilmente até o elevador. Não, a vida para mulher nunca é complicada o bastante. Tinha de perguntar algo. Um "e aí?" mortífero. Uma forma de cinismo suicida que ela, elas, não conseguem evitar. De qualquer modo, ele é quem estava na pior nessa hora.

— E aí... o quê?

— Como assim o quê? E aí o que acha?

— O que eu?...acho?

— É, você! Pelo amor de Deus, Francisco, não banque o degenerado! O que acha? Estou bem?

— Claro que você está bem, querida.

— Estou bem?! É só isso que você é capaz de dizer?

— Bom, meu bem, você está linda.

— Estou linda, e...?

— Você está linda...como sempre.

— Como é que é? Estou...como sempre?! Apenas como sempre? Seu ordinário! E as três horas que passei no salão de beleza, hein? Limpeza de pele, unha do pé, da mão, cabelo com visual novo e ficou... como sempre? E esse vestido, nem reparou, não é mesmo? Mas que coisa! Comprei hoje, já que te interessa tanto. Para ficar linda, lindíssima, e mais ainda se pudesse, para a comemoração das bodas de prata dos TEUS pais. Você nunca faria isso para os meus. Nem a metade! Você não presta, Francisco. Essa você vai me pagar, juro!

— *Mas*, querida??

— !!!!????

Ainda na frente do juiz, Francisco bem que tentou consertar as coisas.

Mas já era tarde.

Suspense em lata

— Sabe o que mais me fascina no cinema americano?

— Sei lá. A densidade psicológica? O engajamento político?

— Eu falei, cinema a-me-ri-ca-no.

— Estava brincando. Os efeitos especiais?

— O suspense enlatado. Ninguém faz filmes de suspense enlatado como os americanos.

— O suspense enlatado?

— É, enlatado. Latas. Latas de transporte coletivo. Avião, trem, ônibus, navio, submarino, nave espacial, eles adoram. Com roteiro de prateleira. Passageiros ameaçados, herói “caucasiano”, branco, se preferir, atriz bonita e o personagem de que eu gosto mais: o negro bacana de sempre. Aquele que sempre morre no meio.

— Afro-americano.

— Como é que é?

— Não negro. Afro-americano.

— Ah? Tá. Escute um pouco. Primeira lata, a espacial: Rumo a Júpiter. Tromba com asteróide, a tripulação vai morrer de asfixia ou espatifando-se na superfície do planeta. O herói, o capitão da nave, consegue consertar o motor com ajuda de alguma astronauta com QI de 90-60-90, e, fora aquele negro tão legal, todos voltam para a casa. Já viu um filme russo igual?

— Nem brasileiro. Aqui o QI da moça seria 80-50-100.

— Tá vendo? Segunda lata, a aeronáutica. Dessa os estúdios de Hollywood estão cheios. Centenas de passageiros inocentes, tipo Jumbo 747, é bom, aumenta a sensibilidade do público. Principalmente com a visão da boneca da menina sentada ao lado do casal de velhinhos da Flórida.

— Algum obeso nos passageiros?

— Deveria, seria mais realista. Mas tem terrorista. Com figurino completo. Bigode, barba, cabelos e olhos pretos, e sotaque pra lá de Bagdá. Rezador de Alá e pregador de bomba. O co-piloto, aquele negro simpático, morre. O herói texano leva a melhor, e ele mesmo é quem aterrissa sem visibilidade o aparelho na pista coberta de neve. Já viu filme saudita assim?

— Nunca!

— Viu? Tô falando! Terceiro, a lata submarina. Ah, essa eu gosto. Passageiros profissionais, marinheiros patriotas, missão secreta, comandante carismático, vai bem uma barba, para a experiência madura, mas com os olhos claros. Começa a vazar o reator atômico, e tem potência estrangeira pronta para dar o bote.

— Para salvar os tripulantes?

— Lançando míssil balístico contra Nova York ou o Pentágono.

— E?

— E, o rádio negro superfiel se sacrifica por seu comandante, e os demais voltam para casa depois de salvar o mundo, ou seja, Nova York. Já imaginou filme português assim?

— Dá medo só de pensar!

— Quarta, a lata ferroviária. Mais caseira, regional, tipo trajeto Tulsa Denver.

— Tul o quê?

— Tulsa Denver. É como se fosse Araraquara Bauru, ok? Típico suspense de compartimentos. O trem perdeu os freios, por culpa de algum bigode preto ou psicopata caipira, não me lembro bem como o negro morre. Tem a lata rodoviária e a marítima, e tem até a lata imóvel, tipo torre de aço e vidro que não deixa ninguém escapar.

— Entendi seu ponto. Suspense de lata, quase igualzinho de um filme para o outro. Enlatado, e clonado. Só que...

— Só que o quê?

— Só que você esqueceu um tipo de suspense, melhor que esses.

— ?

— O suspense romântico!

— Ah é? Explique-me, *please*.

— O suspense do encontro desencontrado reencontrado! Ele está compromissado. Ela também. Cruzam um com outro, se gostam, e demoram o filme todo querendo enganar o espectador de que não tem nada não, mas o espectador claro que sabe que tem sim senhor. Aí demoram uma eternidade para se renderem às evidências, outra eternidade para tentar achar o outro que sumiu no alto do Empire State Building, erram de elevador, de táxi, de cachorro, de sei lá o que mais, até que no finalzinho, quando tudo parece perdido, acabam um frente ao outro. Vai bem Central Park nesse ponto. Entra violino ou piano, de leve, será o tema principal da trilha sonora, vai olhar comovido, sorriso aliviado, braços se abrindo se fechando, e *the end* num close de *french kiss* dos bons.

— Uau! Não tinha pensado nisso. Sabe que você está certo? É suspense muito legal. Só uma coisa...

— O quê?

— E o negro bacana que morre? Onde entra?

— Bom, em suspense romântico no máximo atriz hispânica. Negro não tem não.

— Pena!

Do lar

Décadas atrás, a situação das mulheres européias era de deixar qualquer um de queixo caído. E boquiaberto, pela mesma ocasião. O retrato era, portanto, bastante feio. A divisão das tarefas domésticas era das mais simples. Não havia divisão. Em 100% dos lares, a mulher é quem preparava o jantar, colocava os pratos na mesa, tirava-os, lavava-os, enxugava-os, guardava-os, era uma seqüência de labor dotada de fônica própria, repetida todo dia: cava-os, vava-os, gava-os, dava-os. Além da mesa, a roupa, com fônica mais singular: juntava-a, deixava-a de molho, ensaboava-a, esfregava-a, enxaguava-a, secava-a, passava-a, dobrava-a e, por fim, guardava-a no armário. O dia transcorria assim em ava-os ou ava-a incessantes e extenuantes, raramente avas maravilhas. E mais, a limpeza da casa também recaía numa única pessoa. Ela de novo, é claro. Ficar de quatro na hora de passar pano no chão em nada amenizava a condição solitária da mulher. Pesquisas revelaram que a posição em questão segue sendo uma das favoritas das amantes européias. Paradoxo ou força do hábito? Cuidar das crianças era monopólio feminino igualmente. Do parto ao banho, passando pelo seio e as fraldas, só mulher no batente.

E o homem, o que fazia? Bom, o que não fazia, era tudo isso acima. O homem chegava, os mais carinhosos falavam oi bem, como foi seu dia, o meu foi de matar, me sirva uma bebida, por favor (o por favor era facultativo), sentava no sofá, esticava as pernas, ligava a tevê, acendia um cigarro, e aguardava a chamada do jantar.

Isso décadas atrás. Graças a Deus, correção, graças à Virgem Maria, que é mulher, as coisas se transformaram profundamente. Anos de luta feminista e de tomada de consciência masculina modificaram a paisagem caseira. As estatísticas não mentem. O resultado é pra lá de surpreendente. Hoje em dia, em 90% dos casos, quem assume integralmente o dever de casa, quem pega na flanela, quem conversa com as panelas e dança com o aspirador é... A mulher! Quem diria! Nesse início de terceiro milênio, apenas 10% das tarefas do lar são executadas por homens. O mesmo instituto oficial de observação dos comportamentos aponta que os machos civilizados de hoje cuidam predominantemente de três coisas: cortar lenha ou comprar carvão para calefação da casa — detalhe: quase 80% da população é urbana e mora em residências aquecidas a gás ou eletricidade — e lavar o carro (devem ter medo de que a mulher risque a carroceria se empurrarem a tarefa para ela. Quanto a trocar o óleo, não consta da pesquisa...)

O que mudou de fato é que antes a dona de casa era do lar mesmo, ao passo que agora sai com o marido de manhã para ir ao trabalho. A casa, a roupa e o jantar ficam aguardando a volta dela. Quando chega, uma ida rápida ao banheiro e logo vai ligando a parafernália de eletrodomésticos barulhentos que os marqueteiros apresentam como libertadores das mulheres. Que coisa! Por que das mulheres? É que os homens continuam presos, atados ao sofá por algum controle remoto, reclamando de ter de levantar as pernas quando a esposa passa o aspirador.

A sociedade brasileira, espontaneamente planejadora de longo prazo, há muito inventou a babá e a empregada doméstica para livrar as outras mulheres das tarefas do lar, e a nação do vexame europeu. E, para que o dia das coitadas contratadas não seja tão maçante, a Globo inventou as novelas, das seis, das sete, das oito e as reprises no meio da tarde. Todo mundo feliz no melhor dos mundos. Que não venham dizer depois que o Brasil não é um país de vanguarda! É claro que as estatísticas poderiam mostrar que apenas as mulheres de classe A, talvez B, têm como pagar babá e empregada, e as outras acumulam a penitência do trabalho fora e dentro de casa. As Evas expulsas do Jardim do Éden pegam os trens da Central e esfregam as panelas. Mas o Brasil não gosta muito de estatísticas, então não dá para saber. Sabedoria tropical que os povos europeus invejam certamente.

Porém nem na Europa tudo está perdido para as mulheres. Por causa de um outro fenômeno de sociedade. Há cada vez mais divórcios nos países do velho continente. E os homens acabam em apartamentos que, por menores que sejam, requerem que alguma mão benévola, e macha, passe esponjas, flanelas, ferro, aspirador e outras excentricidades destinadas à limpeza e arrumação. A solução salta aos olhos. Para que as damas consigam dividir irmanamente as tarefas do lar com o cônjuge, o melhor é que elas desposem homens divorciados!

Devem tomar algum cuidado, no entanto. Como o de verificar que o pretendente não tenha voltado a morar na casa da mãe depois da separação. Se tal for o caso, fugir é uma boa opção. E, principalmente, a mulher precisa apoderar-se imediatamente do controle remoto da tevê. E nunca mais devolvê-lo ao marido.

No Brasil? No Brasil, casais se separam também, mas o homem acaba indo para algum *flat* com todo tipo de serviços inclusos. Não adianta muito para as mulheres à procura de um parceiro mais participante. O que, na realidade, não importa muito, já que quem participa é a famosa empregada. No fundo, até é de se perguntar por que motivos os brasileiros se divorciam. Falta do que fazer em casa, talvez?

Filhatelista

A filha volta de uma semana passada na praia com a turma da escola. Morenaça, cansadérrima, feliz da vida. Jogou vôlei, basquete, futebol de quadra, futebol de areia, boliche, pebolim, nadou, remou, mergulhou, rodopiou, pulou. Dormiu pouco. Dançou muito. Ela e os trinta amigos da quinta série. Uma semana organizada pela própria escola. Lazer e estudo. Pouco estudo. De fato, nada de estudo.

— Mãe, foi bárbaro. Genial. Você não sabe. A gente brincou de dar selinho.

— De dar selinho?

— Éééé! Sabe o que é, né? Beijinho na boca. De leve, claro.

— Sei, filha. É uma brincadeira legal, mas... você não exagerou, hein?

— Não, mãe, bom, enfim, um pouco, né? Mas eram só os garotos que davam, e as garotas que ganhavam. E você não sabe, de todas as garotas, fui eu que ganhei mais selinhos.

— Fui eu quem ganhou.

— Você, mãe?

— Não, minha filha. Não ganhei nenhum selinho. Só que é mais correto dizer: fui eu quem ganhou, entende?

— Ah, bom! Fiquei assustada. E você não sabe. O garoto mais bonito da classe me deu um. E só deu em mim! Tô louca pra contar pro papai!

O pai está no escritório da casa, verificando as contas do mês. Pai é pai, ele abraça a filha, diz que está feliz por ela ter voltado assim com a cara tão boa (a filha tem olheiras dando a volta nos olhos), mas homem é homem, e ele continua fazendo contas enquanto escuta o relato da filha. Ainda bem que as mulheres sabem que homem é incapaz de prestar atenção em duas coisas ao mesmo tempo.

— Pai, você me escuta?

— Hein? Claro, minha filha. Estou contente de ver que você se interessa por selinhos.

— É mesmo? Que legal!

— Quem vai ficar feliz é teu avô.

— O vovô???

— Claro, ele é um especialista. É colecionador.

— O vovô coleciona... selinhos?????

— Ô, se coleciona. Tem tudo registrado. Com fotografias ainda. Por causa do seguro. Quer saber, acho que se você souber seduzi-lo, ele terá um enorme prazer em te dar alguns. Filha, por que está com essa cara? Eu disse algo errado? Filha! Aonde você vai?

— Querida.

— Sim?

— Nossa filha. Sinto que algo a perturba.

— Você? Sente?

— Qual é? Largue de ser irônica comigo. Eu sinto, sim. Acho que ela está amadurecendo muito depressa, para a idade dela.

— Olhe, você me surpreende. Acontece que eu também acho.

— Viu? Francamente, aos 12 anos, é cedo para se interessar tanto pela filatelia! Não acha, querida?

A toalha

Ela lembrava que ele havia quebrado um espelho, na sala de jantar, na véspera da viagem de lua-de-mel. Na época ficara um pouco receosa. Como seriam os próximos sete anos? Até que haviam sido legais. Sete meses de pura paixão — conheceram-se pouco antes de se casar, evitando o desgaste desses namoros intermináveis que costumam esgotar o amor antes mesmo de ele se tornar anel e certidão — e os seis anos e cinco meses seguintes de convívio esporadicamente sensual, depois agradavelmente social, depois permanentemente calmo. Primeiro Paris e Veneza, depois o clube e Atibaia e, no final, vídeo com pizza. Nem melhor nem pior que a maioria dos casais que conheciam. A não ser talvez pela ausência de filhos. Era uma coisa (uma coisa!) que podia esperar. Projetavam para o ano seguinte, talvez, quem sabe. Nenhum dos dois sabia. Não projetavam coisa alguma.

Até que aconteceu. Despertaram um dia dando-se conta de que não tinham mais muita coisa em comum. Sobraram, sim, o comum acordo de que era melhor terminar e os bens adquiridos ao longo dos sete anos, que precisariam ser partilhados.

Por que é sempre quando o matrimônio morre que o patrimônio nasce? Antes não há patrimônio. Existe o lar, o doce lar, existe a liberdade e o ar puro do sítio, existe o prazer metalizado do macho, duas mil cilindradas e dezesseis válvulas, existe a vaidade engavetada da fêmea, em brilhos e pérolas. Existe ainda o refinamento dos quadros, o conforto dos sofás, a beleza dos tapetes, o luxo dos cristais. Hedonismo. *Status*.

Da noite pro dia, vira patrimônio. *Pater* demônio. E quando os pais metem o nariz na partilha dos bens, a coisa pode acabar mal. Quem se intrometeu foi a sogra. A mãe do marido. Do ex-marido. Ele era um cara legal, tranqüilo. Não queria criar caso. Queria deixar quase tudo para a ex-mulher. É que tinha alguma culpa no cartório, que ela não sabia, mas que pra ele importava, então queria compensar, no cartório. Graças a Deus, que, lembramos oportunamente, é homem, existem as mães, que, lembramos também, são mães antes de ser mulheres, para defender os interesses dos filhos contra as ex-esposas, por natureza cúpidas e traiçoeiras.

— Meu filho, cuidado, muito cuidado. Não vai deixar tudo para ela, vai?

— Não se preocupe, mamãe. Fiz as contas, listei todo o nosso patrimônio comum, já cheguei a uma divisão legal. Inclusive já falei com ela a respeito, está tudo resolvido.

— Resolvido? E a toalha? Pensou na toalha?

— A toalha?

— Sim. Você precisa recuperar a toalha.

— Mas que toalha, mãe?

— A toalha de mesa, bordada. A que dei para você de presente de casamento. Que foi a tua bisavó Nair quem bordou. Você tem que pegá-la de volta.

— !?

E assim, o que era uma partilha sem pontos de atrito — apartamento e casa de campo pra ela, título do clube pra ele, BMW pra ela, Gol pra ele, quadros, prataria, cristais e porcelanas pra ela, metade dos CDs pra ele, os de pagode que ela detestava — acabou azedando por causa da toalha da vó Nair.

Ele bem que chegara a comentar com ela sobre a famosa toalha, mas como ela não lembrava, não insistira muito no assunto. A sogra entrou então em ação. Passou a ligar regularmente para sua ex-nora, com pretextos fúteis, como o de recuperar por conta do filho a cômoda de jacarandá do século passado ou o jogo de cristais da Boêmia ou a coleção completa de vasos da China que ele trouxera de uma viagem de negócios, para, na realidade, reclamar a toalha da vó Nair. Ela não lembrava. Não lembrava mesmo. A ex-sogra não acreditava. E não sossegava. Depois de algumas semanas de chamadas quase diárias, ela já havia devolvido a mesa de centro em mármore de Carrara, o sofá de dois lugares da sala de estar, depois o de três lugares porque não fazia sentido ter um conjunto alienado de um dos seus elementos, e entregue uma cópia das chaves da casa de campo para que o ex-marido pudesse, claro só de vez em quando, levar os pais em fim de semana familiar.

Mas a ex-sogra queria saber em primeiro lugar era da toalha. Pensou na toalha? E aí, conseguiu achar a toalha? Querida, sem querer insistir, procurou a toalha? Bem, cadê a toalha? Escute, estou começando a perder a paciência. Quero minha toalha! Já não era a toalha do ex-marido, para o filho. Era a toalha dela, pra ela. Exijo a toalha, sua...sua!... acabou gritando, descontrolada, ainda bem engasgando na busca do palavrão à altura de sua indignação.

A toalha? Quer saber a verdade? Pois sua toalha, faz tempo que a joguei! Ouviu bem? Joguei a toalha!

Agredida pela ex-sogra, ela desabara em uma metáfora arrasadora. Usara do recurso último da mentira, para acabar de vez com o pesadelo. Do outro lado da linha, a velha estava em estado de choque, socorrida pelo filho, que havia voltado a morar na casa dos pais, entre sofás e jacarandás.

Foi mais tarde que ela lembrou. Acordou no meio da noite, suada e ainda assustada pelo incidente do dia, e lembrou. Ela havia jogado a toalha. Mesmo. Na véspera da lua-de-mel. O espelho que o marido tentava colocar havia desabado em cima da mesa de jantar, quebrando pratos e taças. Cheia de cacos enfiados nas fibras, suja de vinho e azeite derramados, a toalha da vó Nair já era. Nunca falara para a sogra e escondera a lembrança num canto perdido da memória.

Havia jogado a toalha.

Cantos da vida

Os profissionais

A receita é sempre a mesma. Quando o desemprego bate na porta, qualquer governo do mundo atende, o sorriso social e confiante estampado no rosto.

— Pois não?

— Oi, eu sou o desemprego crescente. Estava passando por aqui, e pensei em me instalar de vez. Tem alguma vaga?

— Deixe ver. Bom, tem, não tem, mas eu sou o governo, posso abrir vagas. Policial, interessa? Policial, todo mundo precisa. Uma excelente pedida. Profissão pacata — se você não se meter em confusão armada — ideal para encontrar sua alma algemada, e se você ficar um pouco por dentro, pode ganhar bastante por fora.

— É que não gosto muito de farda, sabe?

— Ah? Que tal professor, nesse caso? É só seguir o manual e dar notas à garotada. O salário não é lá essas coisas, mas a emoção de conseguir que os alunos não se tornem pivetes ou traficantes compensa. Uma profissão também na vanguarda do seu tempo, seguindo padrões europeus de redução do tempo de trabalho.

— Graças a uma lei especial?

— Não, graças à duração das greves.

— Trabalhar em escola? Pode ser. Precisa saber escrever?

— Hum... E contar, sabe? Podemos abrir vaga de fiscal. De qualquer coisa. Recomendo fiscal da Receita Federal. Trabalho gratificante, dá para fazer bastantes amigos, em geral generosos. Sem falar do sentimento do dever cumprido. Receber os agradecimentos efusivos de empresários salvos do opróbrio por sua intervenção é uma satisfação que nenhum dinheiro paga. O do governo, pelo menos.

Policial, professor, fiscal. Também secretário de estado ou ministro. Estas são as opções originalíssimas que a imaginação caipira dos governantes sempre encontra. Criar vagas. Um rebanho de vagas magras. Raramente santas. E a Fazenda cobrando taxas e impostos para alimentá-las!

Criar empregos não resolve nada. O que precisa é inventar novas profissões. Certas existem em outros cantos do planeta, basta copiar e adaptá-las à cultura local.

Um exemplo? No metrô de Tóquio, na hora do *rush*, funcionários uniformizados, armados unicamente de luvas brancas, têm a missão de empurrar a multidão aglutinada na plataforma de embarque para dentro dos vagões. Agem com sabedoria, mas com muita firmeza. Japoneses ou não, não dá para amarelar, senão a situação fica preta. Por que não implantar esse método tão simpático no metrô de São Paulo? "Procuram-se empurradores". E para explicar aos usuários, um *slogan* bem articulado: "Pressionado pelo horário? A CPTM dá uma mãozinha".

— Que tal?

— Opa! Gostei. Passar a mão assim, tem tudo a ver comigo. Tem muitas passageiras entre os passageiros?

— Hum, pensando bem, acho que você precisa é de um trabalho menos exposto ao público. Deixe-me ver. Acompanhante de mulher em *shopping center* não serve. Nem pastor evangélico benévolo. Profissão impossível. Mastigador de alimentos para os idosos? Sim? Não, vejo que não se interessa. Ah! Já sei! Aceita viver no exterior?

— Se for bem pago...

— Em dólar.

— Em dólar? Tô nessa! Conte mais.

— Zelador da Estação Espacial Internacional. Uma profissão do futuro. Até porque precisa esperar terminar a montagem. Convém a quem gostar de espaço, principalmente sideral. Requer presença constante no local de trabalho, inclusive fins de semanas e feriados. Aliás, recomenda-se nem pular o Carnaval, por causa da falta de gravidade. Um inconveniente: a restrição de vagas. Uma só, de fato. Quer tentar?

— Lógico!!

— Bom, mas precisa saber que é uma profissão de certo risco.

— Certo risco? Como assim?

— Na hora de levar o lixo pra fora.

É sério, doutor?

Tempos atrás, uma conhecida revista de divulgação científica editou um número especial dedicado a perguntas intrigantes e interessantíssimas. Daquelas que só crianças são capazes de fazer, e adultos incapazes de responder. Por que os planetas são redondos? Por que o pão velho fica duro e a bolacha mole? Por que os galos cantam ao amanhecer? Por que as feridas coçam quando cicatrizam?

Ora moleque, é porque... Deus quis assim! Ainda bem que Deus, na Sua magnificência, criou as revistas didáticas para ajudar os pais desamparados. Gostei da edição, mas fiquei frustrado. Faltava uma pergunta. Uma que não quer calar, um mistério tão antigo quanto universal, até hoje sem resposta.

Uma dica talvez?

A auscultação acabou, mas a consulta ainda não. Na sua frente, um homem vestido de branco, da camisa até os sapatos, está sentado numa confortável poltrona reclinável. Simpático, claro, mas como o momento requer seriedade, até mesmo certa solenidade, ele evita fazer graça. É a hora do diagnóstico. Nada muito sério, mas é bom ficar de olho, você vai tomar isso durante dez dias e volta a me ver em duas semanas. Mesmo se tudo bem? Absolutamente! É assim mesmo, mesmo curado, sempre se deve voltar ao médico. Você escuta meio atordoado a lengalenga dos remédios e exames prescritos, cheios de sons esquisitos, ialise, tenol, idrato, nilina, opa, você desiste (o opa foi seu, não dos remédios), mas mantém um ar interessado e finge que entendeu "tudinho, doutor".

Pois você deveria mesmo ter prestado mais atenção, porque enquanto falava, o médico também escrevia. Caneta Montblanc, um ligeiro movimento do braço para a frente, para liberar o punho da manga na hora de assentar a mão no papel, ingredientes chiques de um ritual universal. Ele estava redigindo a receita. Nela está horizontalizado o mistério recorrente, invariável, planetário: Por que os médicos escrevem tão mal?

Essa nem revista científica sabe responder. Aliás, não se trata de um mistério, mas de dois. Tipo bonecas russas. Um encaixado no outro. Para o comum dos mortais, que por essa qualidade constitui justamente o mercado predileto dos médicos, uma receita é algo simplesmente ilegível. Algo entre árabe antigo escrito em sentido contrário (alguém por acaso sabe o sentido normal?) e os caracteres babilônicos do código de Hamurabi. Mas não para os farmacêuticos! Ao que parece, são os únicos seres vivos que conseguem entender o significado profundo dos cocôs de inseto espalhados nas receitas dos médicos.

Investigando com exaustão durante meses, a ponto de ficar sem fôlego e precisar marcar uma consulta com o Doutor Sérgio, meu especialista em *algumacoisalogia*, consegui restringir o leque de explicações possíveis a apenas três. Depois a consulta me permitiu testá-las e chegar à conclusão definitiva.

O estresse.

Para ser exato, o estresse da prescrição. Parece bobo, mas é que o médico não tem direito de errar. Um centroavante, sim, uma vez talvez; seu chefe, sempre, mas o médico, não. E ele sabe disso. Um equívoco de diagnóstico ou de posologia, e o doente segue sofrendo ou, pior, sara depressa demais. No entanto o médico tem de se engajar. A credibilidade dele, e com ela anos de estudos e de prática, está em jogo.

A prescrição é um ato existencial. Então o médico sente fundo. Finge estar seguro de si, mas por dentro tenta desesperadamente controlar o medo. Mas não adianta querer burlar o estresse. Este se vinga na grafia do médico, que não é nada mais que uma vítima inocente. Um herói que só os farmacêuticos reconhecem por seu justo valor. É de se tirar o chapéu.

Muito generoso? Que tal isto então?

O desdém.

Os médicos menosprezam deliberadamente os seus pacientes. Para eles o saber não se compartilha. Em hipótese alguma o cidadão debilitado por algumas bactérias tenazes deve ter acesso ao verdadeiro conhecimento. Então desenvolveram a arte da pichação minimalista para poder relegá-los à mais completa ignorância. Eu sei, logo te deixo confuso. De uma perversidade fora do comum, exploram esse despotismo mascarado para aumentar sua credibilidade. Eu te deixo confuso, logo você crê em mim. Quanto aos *dealers* de pílulas que operam nas farmácias, dão total apoio, claro. O pior é que funciona. Pois os pacientes, *medicanalfabetos* dóceis, ensejam inconscientemente não entender nada, para manter a fé intacta. Aleluia...

Infames demais? Pode ser...

Está bem, vou revelar a verdadeira razão da escrita maldita dos médicos.

A hortographia.

Os médicos são pura e simplesmente zeros à esquerda no quesito ortografia. A ponto de sentirem tanta vergonha que só lhes resta esconder tamanha incapacidade sob uma escrita inacessível. Até dá para entender. Sete, oito, às vezes dez anos de estudos engolindo termos tão indigestos quanto inumeráveis, e deveríamos bancar os exigentes em relação à ciência gramatical e ortográfica dos infelizes?

É que uma receita pode estar repleta de palavras traiçoeiras, ainda mais difíceis de escrever do que de falar, como antibioticoterapia, hipertireoidismo, anti-histamínica, simpatomimético, nas quais a profusão de sílabas é de deixar qualquer um tonto, ou ainda de outras falsamente fáceis, como substância, toxicidade, infeccioso, abscesso, convalescença, nas quais nunca se sabe se vão dois 'esses' ou um 'cê', se o 's' vai antes do 't' ou do 'c', se não falta um 'i' em algum lugar. E olhem que médicos brasileiros podem agradecer a eliminação do 'y' no português moderno, pois esse era de doer mesmo.

Tolerantes, os farmacêuticos compadecem.

O leitor atento observará que a indulgência dos farmacêuticos em relação à triste inabilidade dos médicos no manuseio da caneta, em nada explica como entendem o que os últimos escrevem. Bom... justamente, é que não entendem mesmo. Adivinham apenas. A força do hábito provavelmente.

Por via das dúvidas, da próxima vez que forem a um médico, peçam que ele *imprima* a receita. Será mais seguro.

A não ser que o computador tenha pegado algum vírus...

O Fazernada

Sêneca em seu tempo apregoava a rejeição a qualquer atividade econômica. Nesse sentido Fazernada alcança o seu ensinamento. Mas enquanto o ilustre filósofo latino advogava por uma devoção total aos estudos em prol do enriquecimento espiritual do ser humano, Fazernada não vislumbra objetivo algum. Fazernada não é militante.

No entanto não é qualquer um que consegue Fazernada. Pois exige faculdades raras no mundo de hoje. A grande maioria, confrontada ao Fazernada, mergulha progressivamente na depressão ou no vício. Além de uma certa dose de coragem, Fazernada requer das pessoas que gostem de ficar na boa companhia de si mesmas.

Existem várias maneiras de Fazernada. A vegetativa é a mais completa, a mais pura. Poucos são os que possuem a força de inércia necessária para preencher os seus dias unicamente de sua respiração. Tolera-se apenas um ligeiro movimento dos olhos, de vez em quando, para acompanhar o vôo de uma mosca. Ou, a rigor, um leve estremecimento da orelha para captar na distância algum ronco de motor trocando a marcha. Cuidado, Fazernada não é meditar. A meditação é uma disciplina, um trabalho do corpo e do espírito. Fazernada é cem vezes mais vazio de energia vital. Requer um relaxamento bem mais profundo. Um abandono total e sincero.

No início não é fácil, não. É grande a tentação de buscar alguma ocupação. Nada mais normal. Simples questão de condicionamento cultural. São necessários alguns meses para vencer o período de privação. De tempos em tempos, surtos de atividade manifestam-se. Igualmente compreensível.

Aí vem uma dica. Perambular pela casa é uma boa opção. De preferência pelo corredor. O corredor é legal, pois é um lugar pobre em emoções. Mas atenção, não se trata de praticar algum tipo de esteira nem mesmo de perambular de forma mecânica entre as paredes contando os seus passos. Nada disso. Consiste em andar lentamente, mantendo a consciência aguda do carpete embaixo dos pés, sentindo quase que fisicamente os minutos passando pelo corpo, deslizando na pele e espalhando-se pelo chão. É uma sensação de bem-estar, de frescor. O fluxo regular do tempo que passa torna-se quase audível. Um murmúrio, uma música suave que enche de paz.

Muito bom também, assistir à tevê. Desligada é claro. Pode parecer estranho no começo, até frustrante. Mas logo vai se imaginando tudo que se poderia ver se o aparelho estivesse ligado, e isso é o suficiente. Até chegar a ponto de não mais precisar imaginar coisa alguma. Olhar fixamente a tela inerte acaba sendo o prazer em si. Está bem, os ortodoxos do Fazernada reprovariam tal atitude com energia, se emitissem qualquer sinal de energia. Evidentemente fixar a sua atenção é um ato repreensível, mas é apenas um estado transitório para os novos adeptos.

Fase terminal, bem mais difícil e apenas acessível aos grandes mestres, perceber o ritmo das estações. Estar atento ao crescimento dos seus cabelos e suas unhas. Sentir a descontração dos seus órgãos internos, o relaxamento dos seus tecidos, a extinção dos seus neurônios.

Fazernada no seu ápice é um coma consciente.

Lobistas mirins

O terceiro milênio começou com o planeta inteiro vivendo com a palavra globalização aos lábios — não me perguntem onde ficam os lábios do planeta; eu chutaria no hemisfério sul. Os olhos, não tenho dúvida, ficam em Washington e Moscou (o olho de Moscou é famoso), o nariz no Oriente Médio, e os lábios globais, descartando a Austrália, que tem a forma de boca carrancuda, eu acho que ficam bem no Brasil. O Brasil é muito sensual.

Mas globalização é sinônimo de perigo. Um perigo etéreo, ameaçando a todo instante nossas vidas particulares. Um acionista espirra em Nova York e milhares perdem emprego em São Paulo. A globalização é aquela famosa borboleta, que, de um bater de asas levinho na China, provoca um furacão na Flórida. Não sei bem se os lugares estão certos, mas a borboleta da China é definitivamente mais poética que o acionista de Wall Street. E quem apanha são os americanos. A gente se consola como pode. Mas trocar o nome não adianta. *Borboletização* não cola. Aliás, as palavras em -zação de um modo geral são feias e antipáticas. São palavras burocratas. Organização, politização. Já imaginaram: poetização? Ou namorização? Não dá vontade, dá?

Tudo isso no fundo é uma mera questão de comunicação (notem que até o -cação é mais simpático que o -zação). E do poder de influência contido nela. As notícias do mundo chegam num piscar de olhos. Ou num bater de asas. E ainda, acho que a borboleta é mais lenta que a CNN. Todo dia, somos alvos de comunicação mundializada e orientada. Engolimos de tudo: transgenes, buraco de ozônio, papa-móvel, clones de ovelhas, barbas de mollahs, bombas xiitas, guerras texanas. Tudo isso forma um ruído geral, nascido em todos os lugares ao mesmo tempo e que influencia nossa maneira de ser e de viver de um modo imperioso. O que melhor resume esse triste estado de coisas é uma propaganda de não me lembro qual empresa de consultoria: pense globalmente, aja localmente. Que horror! Vai amarrar o cadarço? Pense Nike. Está tentando entrar? Pense Microsoft, ou AOL, ou alguma marca de preservativo.

O pior é que estamos todos enganados. Pois o perigo maior não tem nada a ver com a borboleta chinesa, o acionista *yankee* ou o rebelde islâmico. O perigo mora na nossa casa. É ele que cada vez mais dita como devemos ser. Começando com o que devemos comprar e consumir.

É o lobista mirim. Nosso próprio filho. Ou nossa filha. Ou os dois juntos, o que nos obriga a estocar mais. E olhem que não estou falando de sucrilhos ou de barras de chocolate. Nem de marca de *jeans* ou de loja predileta de roupa supertransada. Isso foi anos atrás. Décadas atrás. Não. Os lobistas mirins de hoje estenderam seu poder de mando em quase tudo que os pais podem pensar em adquirir. Aliás, os pais não conseguem nem mais pensar, os filhos não deixam.

— Mãe, você não vai assim, vai? Você precisa comprar urgen-te-men-te um vestido novo. E sapatos também. Vamos ao *shopping* amanhã?

— Pai, esse teu celular parece do Matusalém! Deixa te falar dos últimos modelos. E poderia aproveitar para comprar um para mim, viu?

Os lobistas mirins mais bonzinhos contentam-se em anexar os territórios do vestuário, aparelhos de som e imagem, com mão de ferro especial sobre computador e acessórios (se for filho morando com mãe separada, a coitada está perdida). A rigor, deixam os pais decidirem a máquina de lavar roupa. Já o combinado geladeira-freezer importado cromado estilo anos cinqüenta...

Mas os mais ferrenhos não hesitam em incorporar no seu perímetro de influência decisões financeiras mais pesadas. Adeus compras, bem-vindos investimentos. Quantos pais já não consultam sistematicamente os seus filhos na hora de decidir as próximas férias — Paris, de novo? Ah, não! Que tal a Califórnia? — o modelo do carro novo ou até a tão sonhada casa de praia?

— Tem que ser Maresias! E ter piscina, que onde se imaginou casa de praia sem piscina, que assim ninguém da turma vai querer aparecer, e se os meus amigos não vão, eu também não vou!

— Está bom, filha. E eu, posso ter minha mesa de sinuca?

— Pode, pai. Mas aí quero uma sauna, e banheira com hidromassagem. E lareira.

— Lareira? Na praia?

— Lareira!

É assim mesmo. É melhor os pais se conformarem, pois as conquistas dos filhos nas decisões de consumo não vão parar por aí. Pode não ser globalização, mas é claramente deslocamento do poder decisório nas células familiares. É um fenômeno natural e irreversível. A meninada anda mais esperta, mais bem informada e mais atualizada que os velhos.

Às vezes assusta. Outro dia um pai foi avistado por sua filha adolescente, ela no carro de uma amiga, quando ele estava saindo de um motel da marginal Tietê. Olhares constrangedores das janelas de cada carro. Mais tarde em casa, deu no que deu:

— Pai, mas o que é isso?!

— Filha, calma, posso explicar. Não fale nada para a mamãe, jura?

— Só se você jurar não ir mais nesse motel.

— Nunca mais, eu juro. Peraí... *Nesse* motel? O que quer dizer?

— Ora, pai! Você viu, não viu? É uma espelunca. Se quiser, posso te indicar outros, bem melhores!

Aposen, tadinhos!

Até no Brasil é assunto estratégico. Mesmo abaixo do equador a população envelhece. Que pecado! As pessoas vivem mais, e a relação estatística entre as faixas jovens e ativas e as mais velhas e retiradas da atividade começa a se alterar perigosamente. Imaginem a situação nos países europeus, cujos povos há muito preferem passar o tempo livre manipulando o controle remoto da tevê no lugar de ficar pulando em cima do próximo — do sexo oposto — para participar do projeto essencial da humanidade, que é o de preservar a espécie. Em outros termos, procriar ou, para quem acha grego essa prosa rebuscada, transar. E se até os gregos e os italianos desanimam, aonde vai o mundo?

O problema crucial na Europa, nos Estados Unidos, no Japão, no Brasil, é saber como financiar os sistemas de previdência, com essas multidões crescentes de idosos pretendendo usufruir descanso remunerado, e turmas escassas de jovens dando duro (!) para contribuir com o pagamento das pensões.

Se o mundo enfrenta essa realidade, é porque os termos da equação sempre foram colocados ao avesso. Ninguém questiona o fato de deixarmos as pessoas mais sábias e experientes esperarem passivamente a morte e os mais jovens, imaturos ainda, mas no ápice de sua vitalidade, presos entre quatro paredes de escritório, quando não estão procurando desesperadamente alguma vaga, tão mais difícil de conseguir quando lhes falta experiência!

Por que não fazer exatamente o inverso?

Por que não deixar homens e mulheres tirarem total proveito dos seus anos mais fecundos? Curtirem a vida, sem preocupação trabalhista alguma? Evidentemente teriam que estudar. Mas depois do vestibular, em vez de bater cartão, ou bater carteira para os mais desafortunados, bateriam as mãos de felicidade por uns quarenta anos. Não seria mesmo assim uma vida ociosa. Teriam obrigações claras: explorar os dons outorgados pela natureza, experimentar suas faculdades musicais, literárias, cinematográficas, artísticas em geral, esportivas... Seriam incentivados a viajar pelo mundo afora, descobrir outras culturas, liberar suas energias, estancar sua sede de aventuras, concretizar seus sonhos.

Até chegarem aos 60 anos.

Aí, enriquecidos de todas as experiências acumuladas, de todas as emoções memorizadas, colocariam sua maturidade e conhecimento da vida a serviço da coletividade. Seriam autorizados, enfim, a trabalhar. Livres de ambições mal resolvidas, de crianças desviando a atenção, da necessidade fisiológica de muitas horas de sono. Mais maturidade e mais produtividade.

Sem contar que quarenta anos são um tempo e tanto para escolher sua atividade profissional! A era dos estudos hesitantes para um futuro incerto seria eliminada do mapa. O trabalho, mesmo não manual, seria escolhido a dedo e exercido com amor e devoção. As pessoas mais velhas trabalhariam sem resmungar para financiar o período de aposentadoria antecipada das classes jovens. Com muito ardor, agradecidas de terem se beneficiado do mesmo regime de favor por parte da geração anterior. As greves desapareceriam da paisagem social.

Além de sua implacável lógica humanista, essa proposta erradicaria de vez o déficit do sistema previdenciário. A cada vela soprada, um ano adicional de trabalho, e mais contribuições ao regime! Impulsionado pela vida livre de estresse dos jovens adultos, e pela pesquisa médica de velhos cientistas altamente motivados, o aumento da expectativa de vida se aceleraria. Um fenômeno que encheria mecanicamente os cofres da Previdência destinados a pagar as pensões aos inativos de menos de 60 anos.

Até o dia em que, de tão polpudo o lucro do regime previdenciário, seria necessário adiar a entrada na vida ativa para os 65 anos.

Cambalhotas

Ele não estava conseguindo dormir. Que droga! Nunca antes tinha sofrido de insônia. Por mais que remontasse ao passado, não se lembrava de uma noite sequer na vida que ele não tivesse dormido como anjo. Trinta anos que dormia bem, aliás, muito bem. Nada de acordar no meio da noite para beber água, dar uma volta no banheiro ou uma espiada no canal erótico da tevê depois de checar o sono da mulher. Nada de acordar tampouco quando o despertador biológico do nenê se manifestava. Desconhecia totalmente os prazeres simples da vida noturna, como dar mamadeira, trocar fralda ou pegar o filho no colo para niná-lo. Sofria desse vazio, evidentemente, quando a mulher contava quão excitante havia sido a noite anterior, mas não tinha jeito. Quando dormia, dormia. E ponto.

Tinha um segredo, é claro. Um ritual bizarro, aeróbico, solitário. Que ele seguia religiosamente havia trinta anos. Toda noite, antes de entrar na cama, dava uma cambalhota. De manhã, levantava, e dava outra.

Os colegas de trabalho corriam horas em cima de esteiras paradas para eliminar o estresse? Ele, cambalhota. Amigos se queixavam de dores recorrentes na coluna ou nos joelhos? Ele, cambalhota. Um primo se internava em spa, a saúde minada pelo acúmulo de cupim — o do boi — e a falta de esporte? Ele, não ganhara um quilinho nos últimos quinze anos. Cambalhota. Executivos vestidos de olheiras permanentes por causa de insônia crônica? Ele, noites angélicas. Cambalhota.

Até aquela noite.

Claro, nem tudo transcorrera sem problema ao longo dos trinta anos de cambalhotas bicotidianas. A primeira namorada ficara apavorada, achando que a cambalhota era o prenúncio de atos de sexualidade selvagem e depravada. Fugira. Uma outra, muçulmana, decretara que era ultraje à oração islâmica, além do mais, ele nem tinha dado a cambalhota em direção a Meca. Batera a porta. Com a bailarina russa, que passava o tempo rodopiando na ponta dos pés, a coisa não rolara. Enfim, havia encontrado a alma gêmea, uma ex-ginasta que rira muito quando dera a primeira cambalhota na frente dela. A noite fora fértil em piruetas e saltos mortais, que as molas da cama tiveram certa dificuldade de agüentar. Casaram.

E chegara essa noite.

A empresa na qual trabalhava organizara um seminário. Um encontro de *team building*. Em termos banais: formação de equipe. Times de futebol chamam isso de concentração. Mas é que jogadores de futebol raramente falam inglês. Três dias de *team building*, sexta, sábado e domingo. Famílias agradecendo. Sei, filho, prometi que eu assistiria no sábado à peça de teatro da escola e no domingo te levaria ao parque, mas papai não pode, entende?

Filho não entende, não. Criança não pode entender de *team building*. É coisa de adulto, e gerente de recursos humanos não tem filhos. Ou esqueceu que tinha.

No hotel fazenda, cada quarto acolhia dois funcionários. Para ser mais autêntico, mais *building*, cada dupla havia sido formada aleatoriamente. Porém homens com homens, mulheres com mulheres. *Building*, mas nem tanto...

O companheiro de quarto dele era ninguém menos que o presidente. O novo presidente, recém-chegado do exterior. Nas palavras de abertura do evento, manifestara um entusiasmo desenfreado para com o Brasil, os brasileiros, as brasileiras — ele era divorciado — a empresa e o formidável grupo de colaboradores que ele havia encontrado. Tinha convicção de que o convívio ia ser excepcional entre todos.

O convívio começava com a obrigação de compartilhar o mesmo quarto a dois, o presidente e ele. Tinha que fazer bonito. E não podia dar mancada. Educado, esperto também, deixou o homem ocupar o banheiro primeiro, para observar e seguir o exemplo. Memorizou a seqüência dos ruídos hídricos. Chuveiro, lavabo, gargarejo, descarga, lavabo. Quando foi a vez dele, já não havia mais água quente. Mas era um colaborador formidável, então agradeceu os céus de ter deixado o chefão tomar banho primeiro. Imaginem o presidente tomar banho frio, por culpa dele! Depois cada um entrou na sua cama. E as luzes foram apagadas.

Só que, não tinha dado a sua cambalhota. Agora não conseguia fechar o olho. Escutava a respiração suave do presidente na cama ao lado. Arriscaria? E se o outro acordasse? Acendesse a luz e o visse dar sua cambalhota? Ia morrer de ridículo. Quem já viu um funcionário dando cambalhota na cara de um presidente? Perderia o emprego na mesma hora. O único consolo seria que poderia chegar a tempo para ver a peça do filho na escola. Mas não ousava. E não dormia.

Quando as primeiras horas da madrugada chegaram, notou que o presidente estava roncando. Lembrava vagamente o gerador do prédio dele, nos dias em que a Eletropaulo fazia manutenção na rua. Arriscaria? E se...? Mas o presidente parecia dormir profundamente. Eram seis horas da manhã quando se decidiu. Levantou os lençóis com extremo cuidado, e se postou entre as duas camas, único lugar onde poderia executar a manobra com espaço suficiente. Quase não conseguia ver nada por causa da penumbra. Contava com o carpete para amortecer o barulho do corpo rolando no chão. Flexionou ligeiramente os joelhos, abaixou a cabeça no meio dos braços esticados e se deixou cair lentamente para a frente... Foi só neste exato momento que ele percebeu que não se ouvia mais o ronco no quarto. A cambalhota terminou nas canelas do presidente. Grito, surpresa, dor leve.

— O que você está fazendo, meu Deus?

— Bem, bem...

— Você estava dando uma cambalhota? É isso! Você estava dando uma cambalhota!

— Bom, sim, presidente.

— Que coisa! Você dá cambalhotas de manhã!?

Já que tudo estava perdido mesmo, entregou o jogo. Pensando na escola do garoto.

— De noite também. Antes de dormir. Só não dei ontem. Fiquei sem jeito. Achei que o senhor podia perceber e considerar que eu era louco.

Mas o presidente não achou que era louco, não. O presidente era um adepto fervoroso da cambalhota. Não tinha nada mais maravilhoso no mundo a não ser dar cambalhota. A cambalhota era a panacéia contra os males do corpo e da alma. Mantinha a mente alerta, flexível, aberta. E preparava o *homo profissionalis* a rolar com sucesso no mundo, de cabeça erguida. Achava bárbaro que um dos seus colaboradores fosse também devoto ao cambalhotismo. Estava decidido, a empresa iria adotar a cambalhota diária. Começaria com os funcionários presentes no seminário. E ele seria o monitor-chefe.

Ele? Ele começava a achar que o presidente tinha algum parafuso solto. Provavelmente não dava as suas cambalhotas do jeito certo, e alguma coisa afrouxara na cabeça do coitado. Não quis chamar a atenção sobre o absurdo que era rolar de cabeça erguida. Assim se arrebentava a cervical. Mas tinha o lance de monitor de cambalhota. Era uma promoção? Era! Opa! Diretor de cambalhotas? Estatutário! acrescentou o presidente...

Aceitou o convite. Mas colocou uma condição. Que nunca mais se organizasse seminário de fim de semana. Pelo menos não quando ele tivesse compromisso com o filho.

O Dizernada

"Não podemos prosseguir nessa via.

"Em várias ocasiões temos alertado sobre os seus efeitos nefastos para com a nossa sociedade. Durante anos fomos obrigados a compor com uma realidade adversa, porque as circunstâncias não permitiam a implementação de reformas estruturais. Enfrentamos resistências e nos deparamos com mentalidades ainda traumatizadas pela versatilidade das decisões tomadas por nossos predecessores.

"Mas, hoje, a situação é diferente. As informações que reunimos indicam um terreno bem mais favorável. Nossas próprias análises corroboram essas informações, e todas convergem no mesmo sentido. Temos de agarrar essa oportunidade que, talvez, não se reapresentará tão cedo.

"Eis o motivo pelo qual, e quero que isso fique muito claro, até correndo o risco de parecer solene, estamos chegando a um momento histórico, e qualquer inação de nossa parte seria julgada com merecida severidade pelas gerações futuras.

"Ah! Já estou ouvindo o barulho dos caciques da oposição, usando-se de argumentos falaciosos para mobilizar os indecisos contra a nossa posição. Por isso quero dirigir a palavra a todos os que hoje estão na dúvida, desiludidos com as promessas do passado não cumpridas. Peço que saibam separar o discurso demagógico de alguns amedrontadores da análise fria e coerente que lhes expomos. Peço que dêem preferência ao bom senso e deixem de lado a máscara das aparências.

"Lamentavelmente, por puro orgulho, com freqüência teimamos em avançar num beco sem saída em vez de dar a volta para reencontrar o caminho certo. Nós, humanos, somos assim. Enquanto as conseqüências de nossas escolhas individuais só afetam a nós mesmos, tudo bem. Mas será que temos o direito de cair nessas armadilhas da alma, quando o futuro de nossas crianças está em jogo? Quem tiver a coragem de perguntar a si mesmo, colocando de lado os sentimentos pessoais, verá que a decisão correta não é tão difícil de ser tomada.

"Mas permitam-me deixar por ora as querelas partidárias e voltar ao problema sério com o qual nos deparamos. Não vou mentir, não vou iludi-los. Não existe solução de curto prazo suscetível de erradicar a causa. Na melhor das hipóteses podemos esperar combater alguns dos seus efeitos, o que exigirá uma luta desgastante e incerta, insatisfatória por natureza já que não sabemos quando terminará. Isso dito, não creio em fatalidade. Estou resolutamente otimista quanto à nossa capacidade de encontrar uma saída no tempo certo. Enquanto não vem, devemos preservar o futuro e adotar as disposições adequadas, sem falhar com nossa determinação, motivados pela íntima convicção de que estamos trabalhando para o bem de todos.

"Fui regularmente criticado no passado por ter expressado com firmeza as minhas opiniões. Até no seio da minha formação, vozes me acusaram de ser dogmático e de não levar suficientemente em conta as sensibilidades plurais dos nossos partidários. Eu não vou apresentar minhas desculpas. Assumo inteiramente essa orientação de espírito, que consiste em afirmar claramente as suas escolhas e dar sentido pleno às suas palavras. Estou totalmente convencido de que, em certas circunstâncias, como as que hoje se apresentam, é altamente desejável seguir uma linha nítida e inteligível. Chega desses compromissos que imobilizaram nossa política durante tanto tempo! É premente ir adiante.

"Para concluir, quero expressar minha profunda consideração pelo trabalho que vocês realizam no dia-a-dia. Não duvido de vossa lealdade aos princípios e valores fundadores de nossa cultura. Mas do que qualquer outro, tenho fé em vosso senso de responsabilidade.

"Meu destino está em vossas mãos."

O canto do galo

Ninguém parece ter percebido. Os tempos modernos modificaram profundamente os sons e ruídos que pontuam nossas vidas. Os nossos ancestrais conheciam o clocloc tranqüilo do cavalo no passo e o pocotó do mesmo galopando, o amigável dindong da campainha, ou o clong metálico do pote de leite sendo deixado na porta de casa. Mais tarde a humanidade descobriu o trim magistral do telefone tocando, dando susto em todos. Hoje os telefones fazem biquinho, com tubudubudub ou dirididiridiri acusticamente corretos e meio sem graça, os bips, limitados, os coitados, só sabem produzir sons homônimos e irritantes, biiip, biiip, e os celulares vibram hinos de times de futebol.

Saudade dos tempos da Panair, ou do barulho mágico do motor dos Electras da ponte aérea Rio-São Paulo. Dava vontade de viajar até o outro lado do mundo. Com o ruído desconcertante dos jatos de hoje, o melhor é colocar imediatamente os fones de ouvido. Com um pouco de sorte, quem sabe não toca Samba de Orly de Chico Buarque. Saudades melódicas.

Mesmo o coração não bate como antes. Não faz mais bum. O bum era romântico, e como era gostoso o bum bum repetido e ofegante do coração apaixonado. Mas séries americanas de sucesso rodadas em hospitais mostraram que o coração faz pulum, pulum. Pulum, pulum é triste de morrer, o que de fato acaba ocorrendo, por motivos de audiência. O coração televisado pára no meio da cirurgia e a morte se anuncia com um biiiiiiiiii reto e visual. Quem pode se apaixonar depois de uma dessas?

Entre os sons diretamente saídos da era moderna, um supera a todos por sua incompreensível esquisitice. Você está sentado na mesa, confortável, ansioso para ver a tela se animar. Uma ligeira pressão do dedo indicador. De repente ouve um ratinho pulando, como se estivesse sobre um estrado metálico miniatura, logo agonizando com um grito longo e estridente, como se tivesse sido preso por alguma engrenagem. Pronto, o modem está conectado. É isso que você queria. Mas você sabe qual mente doente, e cruel, imaginou a tortura do ratinho? Nem eu. Talvez um desafeto do inventor do mouse...

Se pensar bem, são poucos os sons que permaneceram inalterados. Os da natureza, de um modo geral. O braahumm apagado do trovão distante, o ploft da gota d'água, o pum contido de uma mocinha.

O curioso é que esses sons da natureza, que deveriam ser iguais na terra inteira, não o são. Ao pum suave e discreto dos brasileiros, por exemplo, os franceses opõem um *prut* sonoro e decidido. Questão de hábitos alimentares ou de entranhas culturais diferentes, provavelmente.

Paradoxalmente, é nos gritos dos animais que a diversidade fônica dos povos humanos se revela no seu mais perfeito esplendor. Não apenas fônica, talvez, a julgar pelo canto do galo. Galos brasileiros e franceses se unem num cocoricó claro e impetuoso, embora um tanto estúpido. Os italianos são incorrigíveis cantadores, assobiando um *chicchirichi* nitidamente destinado a virar a cabeça das galinhas. Os ingleses, evidentemente não poderiam fazer como os outros, e produzem um *cock-a-doodle-doo* que é uma preciosidade. Os galos chineses, enfim, soltam em mandarim um estranho *gou gou* (pronunciar gu gu), que os habilita certamente a animar o público galináceo nas tardes de domingo.

Confesso minha perplexidade ao pensar que *gou gou* é a mesma coisa que *cock-a-doodle-doo*. E fico me perguntando como seria, em mandarim, o grito do ratinho agonizando num modem de Pequim.

A geometria de BOBÔ

Tudo na vida dele era círculo. Arredondado, esférico, na pior das hipóteses, curvado. O nome dele era BOBÔ, duas barrigas satisfeitas empurrando cada uma sua bola cheia. Era feliz com esse nome. Teria odiado chamar-se André ou Marcos, com seus 'erres' secos e quadrados. A rigor, teria aceitado João. João tem algo de redondo na suavidade de sua pronúncia monossilábica. Mas BOBÔ era definitivamente melhor. Até a boca se parecia com um O quando falava BOBÔ.

Pequeno, sofrera com a malícia das crianças que para zombar dele, lhe tiravam o chapéu. A vida era um paradoxo.

Era gordo como o Jô Soares. Candidato eterno a Rei Momo no Carnaval. Gostava de ovos, fritos, jamais mexidos. Era louco por pães de queijo, daqueles com a forma ideal de glóbulo branco. Chupava laranjas, mas preferia uvas, que ele considerava mais perfeitamente redondas. Desprezava bananas. Jovem, chegara a praticar esportes com bolas, como o futebol ou o tênis, mas nunca se acostumara ao formato obstinadamente retangular dos campos e das quadras. Desistira. Aderiu então à bicicleta. A bicicleta era um símbolo da circularidade do universo. Duas rodas. Um corpo em equilíbrio. Pedais para imprimir o movimento giratório ao conjunto. E só. A sela? O guidão? Não existiam. Meros instrumentos escravos submissos à majestade das rodas.

Com o passar dos anos, acabou se rendendo à evidência. A vida nada mais era do que um existencialismo circular.

Rejeitou a religião cristã. Nunca havia aceitado mesmo a maluquice da Santa Trindade, para ele um caso patológico de tripla personalidade mal explicado e, além disso, triangular demais para o gosto dele. Abominava acima de tudo a figura da cruz. Ele a via como o símbolo supremo e estirado da crueldade humana e divina. Quem, de espírito são, deixaria sacrificar assim o próprio filho? A cruz era um losango. Nem a coroa do Cristo escapara. Os cristãos a concebiam desfigurada por espinhos. Negavam sua essência circular. A coroa não podia girar. Era uma roda presa. Uma promessa de ciclo nascida morta. O judaísmo tampouco servia, com sua estrela de Davi cheia de pontas estufadas. Nem o Islã, apesar do crescente lunar semicircular. Alá era ponto exclusivo. Tudo dele partia e para ele convergia. Não admitia nada além de si mesmo. Um ponto, e ponto. Nem um segmento, nem uma linha, quem dera uma curva. Decepcionante. Adotou então o taoísmo, da alternância do *yin* e do *yang*, da noite e do dia, do princípio feminino e do masculino e assim sucessivamente, em ciclos repetidos, curvas perfeitas, fechadas, círculos puros.

Sem ponto. Sem ponta. Sem fim. A vida era harmonia.

Do mais, formara-se astrônomo profissional. PhD em sistemas planetários. Apenas lamentava um pouco o caráter elíptico das órbitas. Preferia círculos mesmo. Mas vivia o seu trabalho com paixão. Certa noite, descobrira um aglomerado globular na constelação da Libra. Só poderia ter sido na Libra. Dois discos equilibrando o cosmos. O bem e o mal. O dia e a noite. O *yang* e o *yin*.

A vida era redonda.

Até o dia em que, como dizem os astrofísicos, uma singularidade do universo alterou o curso de sua vida. Uma singularidade anatômica. Uma verruga. Havia nascido acima do lábio superior, logo abaixo da narina direita. Uma pequena protuberância esférica de pele morta, que parecia crescer a cada dia. Não gostou. Era a primeira vez que ele se sentia incomodado por algo redondo. Ficou perturbado. Assim, nem tudo que era redondo era bom.

Passou a considerar com outros olhos tudo aquilo que havia sido até então o significado maior de sua existência. Começou a sentir ojeriza por linhas curvas. Sentia repugnância por seios siliconados, que antes o fascinavam. Aposentou a bicicleta. Afastou-se das churrascarias de rodízio, só por causa do nome. Fez regime até ficar que nem palito.

Tinha mergulhado numa crise aguda de rejeição circular.

Em compensação, o conceito que ele tinha das coisas retas e anguladas evoluiu rapidamente. Um novo existencialismo surgia, de contornos afiados, no qual quadrados, triângulos, retângulos, cubos, figuras ou volumes poligonais ocupavam o lugar de destaque.

Mais que isso, descobrira algo extraordinário. O universo estava repleto de círculos em estado natural, sóis, planetas, bolhas, ovos de peixe, olhos. Mas era incapaz de produzir objetos com formato perfeitamente retangular ou cúbico. O ângulo reto era obra do ser humano. O gênio da humanidade podia ser descrito por um simples ângulo de noventa graus. Assim eram os livros, receptáculos da sabedoria do homem desde os tempos mais remotos. Retângulos. Assim eram as telas dos grandes mestres da pintura. Assim eram os planos dos templos gregos, das pirâmides, dos castelos renascentistas, das torres modernas.

A vida era perpendicular.

A fase retangular de sua vida durou pouco mais de um ano. Iniciou-se uma nova fase circular, seguida de outra retangular, seguida de outra...

Ciclos. *Yin* circular. *Yang* perpendicular. E assim sucessivamente. Voltava a grande interrogação perturbadora. Afinal, a vida era redonda ou retangular?

A revelação veio de um chapeuzinho de cartolina que seu filho ganhou numa festa de aniversário. Um pequeno chapéu chinês. Era isso! De perfil, um triângulo isósceles, retângulo na ponta, de cima ou de baixo, um círculo.

Um cone! Uma base arredondada e oca casada com uma forma piramidal. O que melhor podia conjugar a harmonia universal do círculo com a criatividade angulada do ser humano, a não ser um cone? Está certo, nem todos os cones tinham a ponta retangular, mas a essa altura BOBÔ já admitia fazer algumas concessões existenciais.

Agora, sim, podia se sentir plenamente realizado. Havia descoberto o verdadeiro sentido da vida. Ria à toa de tanta felicidade.

A vida era cônica.

Entrevista

Poucos exercícios de falsidade ideológica se comparam a uma entrevista para se conseguir emprego. A paquera, talvez. É a síndrome do pavão. Em condições normais, a cauda (o rabo, em outras espécies) é como qualquer uma. Surge uma gata ou uma vaga, o peito se enche, e a cauda exagera no visual. Uma pena, dizem certos cricris. Não sabem contar, é evidente.

O fato é que impressiona a capacidade que o ser humano tem de transfigurar a realidade, quando se trata de competir por curvas bem delineadas ou por uma linha reta de oito horas de trabalho diário, um convênio saúde e um décimo terceiro para comprar o Natal dos guris. Escreveu um único poema de amor na adolescência? Romântico doente. Viajou certa vez para o exterior para conhecer a sede do grupo? Vivência internacional destacada. Era responsável por meia dúzia de funcionários? Qualidade de liderança de primeiro plano.

Diferentemente da paquera, a sedução trabalhista tem roteiro escrito formal. Chama-se currículo. Uma jornada nas estrelas. Boa formação, ascensão regular, responsabilidades crescentes, desafios cada vez mais... desafiadores (às vezes, a redação peca um pouco, falta variedade, e a ortografia... bom, para a ortografia, tem o corretor do Word, felizmente). Mas, como no caso do cortejo amoroso, o que importa é o face a face, que não pode ser deixado de lado. A entrevista. Ela é a obra mestra da qual tudo depende. Tem algo a ver com pregação de pastor evangélico. As verdades incômodas são ocultadas, e o objetivo é mesmo faturar. Essencial é mostrar o seu lado vencedor, mesmo que não exista.

Viu, senhor, o currículo pode não deixar claro, mas olhe, tem sido duro, a conjuntura, os concorrentes, o cenário mundial, o risco Brasil, os juros altos, o mercado desanimado, e olhe eu ali no meio, subindo ladeira acima feito portador da chama olímpica.

É mesmo? Ô, se é! Bom, quase. Não foi e-xa-ta-men-te desse jeito, mas enfim, perto, entende? Todo mundo entende. Mas todo mundo finge. Até os candidatos e pretendentes acabam acreditando um pouco nas inverdades que proferem. Que importa se o caminho verdadeiro foi pavimentado por pedradas quentes e interrompido por precipícios inesperados? Todo mundo apanha da vida, da profissional e da pessoal. Tem até sortudos por aí que apanham das duas e ao mesmo tempo! É a megapena acumulada. Mas ninguém quer mostrar, senão, não ganha a vaga. Ou a gata. É a lei da vida.

Na hora crucial da entrevista, a "realidade real" soaria irreal demais:

— Você cursou administração de empresas na USP. Qual especialidade você escolheu? Finanças? Marketing? Contabilidade?

— Contabilidade? Erk! Cursei é farra, se quiser saber. Opção gandaia. À noite, claro. Em claro, muitas.

— E esse cargo de gerente comercial? Com vinte e quatro anos, faturava cinqüenta milhões de dólares, crescimento de 20% ao ano. Você é um vendedor nato!

— Imagina! Eu era é carregador de amostras. Vendas, era direto com o presidente. Mas viajei pra caramba por conta disso. Argentina, Uruguai. Churrasco e tango. Adorei!

— Teve de lidar com situações sociais conflitivas. Isso é uma experiência interessante. Não é todo mundo que enfrenta com sucesso momentos tão delicados.

— Ih! Foi fichinha! É que no departamento ninguém me suportava. Mal-humorado, injusto, raivoso, um terror. Acabaram entrando em greve. Aí mandei todos embora!

— Vejo que saiu da última empresa porque ela fora comprada por um grupo estrangeiro, e você optou por tirar um período sabático. Depois resolveu tornar-se consultor. Uma escolha corajosa para quem vinha construindo uma carreira tão bem-sucedida.

— Optei uma ova! Fui dispensado e ponto. Alguém mais jovem e mais eficiente pegou meu cargo. Na minha idade, fazer o quê? Não consegui mais achar emprego.

Tamanha sinceridade é bem pouco provável. Bem-feito! Sim, bem-feito. Pois nenhum faroleiro conta tanta vantagem falsa quanto às próprias empresas para atrair candidatos nas suas redes. As empresas são do tipo aranha-pavão. A cauda colorida esconde uma gosma terrível. Cheia de venenos: pressão, cobrança constante, puxada de tapete — as empresas são as maiores compradoras de tapetes no mundo — estresse permanente, reclusão em armário — armário é que não falta nos escritórios — e no final, agradecimento pela porta de saída. Empresas são como cerveja. Vendem que descem redondo. Mas haja fígado para agüentar tanta descida. E tanto sapo.

Por isso nenhum entrevistado deve sentir-se culpado por embelezar a verdade, exagerar nas virtudes e ocultar as deficiências. É até desejável. Pois é exatamente o que a empresa exigirá dele quando lidar com os clientes!

E, cá entre nós, a moça seduzida por sua paquera espera a mesma coisa. Você fingiu na "entrevista" que era assim e assado, e a realidade é mais crua? Apenas continue fingindo...

In hino veritas

Não é nem dia quatorze de julho. Não sei então bem por que, mas hoje senti aquela vontade de cantar algum hino à terra que me viu nascer. A França. Para o Brasil, a França é um nordeste mais distante, além-mar, além-Portugal também (será que confere algum mérito?), e principalmente um nordeste com menos coronéis.

Não deixa de ser um país curioso. Um dos seus heróis mais populares, que provavelmente melhor simboliza o caráter contraditório do francês médio: resmungão mas gozador na alma, apegado às tradições porém rebelde ao extremo, voltado à xenofobia mas de peito aberto, orgulhoso (arrogante? sim, arrogante!) e, no entanto, sinceramente humanista, o herói defensor de uma pátria miniatura mas valente, Asterix, não era nem francês. Era celta.

Desisti de pensar em pegar Asterix como ícone universal da glória francesa.

Aí pensei em Joana d'Arc. Ela, sim, era francesa. Corajosa, movida a combustível aditivado importado direto do produtor celeste, mulher, nada feia pelos retratos que chegaram até nós, virgem capaz de ser amiga do temível assassino Gilles de Ray, enfim, 'cereja em cima do bolo' (uma das quase quatrocentas expressões sobre comes e bebes da língua francesa! Esta significa mais ou menos: bônus extra), botou nada menos que os ingleses para fora do território real. Ponto a favor.

Mas acabei descartando a Joana. Ao contrário de Asterix, carece de projeção mundial. Franco-francesa demais, em suma. Arquivo queimado.

Napoleão? Podia ser uma boa. Melhor exemplo de integração bem-sucedida de imigrante (era córsico), precursor da Europa unificada, militar cujo feito mais glorioso foi ter elaborado um código civil exemplar, amante das artes, embora com um lado vândalo típico de quem se acha acima dos outros (Bonaparte não passava de um metro e sessenta e pouco, viu que arrogante?), realmente um personagem de destaque internacional. Mas descartei Napoleão. Lamentavelmente, os demais europeus não compartilharam a concepção que ele tinha da globalização. Arquivo exilado.

Personagem famoso não servia. Pensei então em produtos da tecnologia francesa. A baguete? Engorda. O perfume? Segundo as más línguas, teria sido inventado para disfarçar o mau cheiro dos nativos, pouco inclinados, acima dos lavabos, a cuidar de sua higiene corporal. Pelo sim, pelo não, descartei o perfume. Arquivo evaporado. O futebol? Hum, talvez fosse melhor evitar assuntos polêmicos com os amigos brasileiros (além do mais, outros jogos com bolas disputam a predileção dos franceses, os quais não são todos *podófilos*). Arquivo para o escanteio.

O vinho?

O vinho, evidentemente! Com direito ao hino do vinho, a bordelesa (me desculpem os aficionados dos vinhos de Bourgogne, mas tenho as minhas preferências). O que melhor poderia simbolizar toda a nobreza desse meu lindo país republicano? O vinho sinônimo de arte. O vinho levado ao ápice do refinamento, francês, portanto universal. O vinho, equilíbrio perfeito entre a cultura da terra e do espírito.

O vinho, um primo do vinagre.

Sessenta milhões de enólogos

Por falar em vinho, alguns dirão que é natural ficar com nariz empinado quando se trata de provar um. Mas para um profano, que só pode ser estrangeiro, pois todo francês nasce enólogo, o ritual não deixa de surpreender.

Começa na loja. O ar bonachão do comerciante esconde uma *expertise* desestabilizadora. Você queria apenas um tinto, lá vem ele com suas perguntas caprichosas: Bordeaux? Bourgogne? Loire? Côtes du Rhône? Bandol? Melhor não cambalear, pois vem uma segunda onda inquisitória: Margaux? Pauillac? Saint-Emilion? Saint-Julien? Saint-Estèphe? Como não ficar intimidado diante de tantos santos? E chegou a hora de escolher qual o Château. O castelo. É que um vinho de Bordeaux (quer ser chique? diga simplesmente um Bordeaux, ou, melhor ainda, um Margaux, um Saint-Julien, mas, por favor, com um tom respeitoso; não vale lançar em voz alta 'vai um Margaux aí?' como você diria 'vai uma cinqüenta e um?'), um Bordeaux só aceita nascer e envelhecer num castelo. Acha esnobe? O que é isso?! De jeito nenhum. Mas eu entendo, é normal para quem não sabe das coisas. Não se preocupe, vou ensinar os truques, numa boa. Sem pretensão. Afinal, eu também nasci enólogo. Não é esnobe, não. É tradição, pode crer. Só no Médoc, uma faixa de terra de meros cinqüenta quilômetros de extensão, tem mais de duzentos e cinqüenta castelos. Viu? Tradição, eu disse.

Para escolher o bom Château, o comerciante ajudou. Ao mesmo tempo ajudou o caixa dele. Um "cru classé", traduzindo, uma garrafa pra lá de cara, que sabia aliar à perfeição o "fruité" do Cabernet com o vigor do Merlot. De um ano excelente, acrescentou. Ou seja, mais dindin pro lado dele. Mais leve de uns cem dólares, você foi para casa recuperar o fôlego.

Triste engano! Por uma ironia da enologia, é o vinho que precisa respirar agora. A você, só resta abrir a garrafa e ficar olhando para ela, escultura vertical de vidro industrial decorado com uma etiqueta neoclássica. Aproveite para decorar o nome do Château. Alambiques lingüísticos corretamente dominados impressionam sempre os amigos. Que tal, por exemplo, o Ch. Branas-Grand-Poujeaux, ideal para brasileiro treinar a pronúncia? O Ch. Ducru-Beaucaillou não fica mal tampouco, e o Pichon-Longueville-Comtesse-de-Lalande é o mais comprido. Mas eu daria os louros para o Ch. Le Bourdieu-Vertheuil, por causa da combinação de 'erres' secos e finais terríveis de ieu e euil, esses sons para fazer o biquinho que as escolas de francês ensinam no Brasil. Atenção, euil é um biquinho molhado, o que, em se tratando de um vinho, é até sugestivo.

Agora chegou o momento de experimentar o seu "cru classé". Você é o anfitrião, logo você tem o privilégio (ai!) de conduzir o ritual. Cuidado com as armadilhas. Por exemplo, uma água, mesmo metida feito a Perrier, aceita qualquer copo. O vinho, nem pensar.

Tem de ser taça, e de cristal, por favor. Especial para vinho tinto. Mais arredondada na base, um tiquinho mais delgada na borda e dotada de uma fuselagem líquido-dinâmica de precisão nanomilimétrica, especialmente concebida para não perder nada da sutileza do néctar roxo que ela contém. Segurar a taça corretamente é outra etapa incontornável do aprendizado dos fundamentos da cultura francesa. É bem visto meter as mãos pelos pés. Ou, melhor dizendo, segurar a taça delicadamente pelo pé dela, três dedos à direita e o polegar do outro lado (para os canhotos, inverter os dedos ou tomar cerveja). Segurar a taça pelo corpo só é tolerado no término da refeição, quando conseguir segurar qualquer coisa já é considerado uma façanha digna de respeito. Afinal, ninguém é de ferro diante de tanto cristal.

Agora muita calma. Nada de ir com muita sede ao pote. Vinho gosta de preliminares. Tem que olhar, admirar, comentar a beleza do tal do "cru". Igual a cortejar uma mulher desejada. Aliás, francês chama a cor do vinho de "robe", que é vestido em português. Felizmente o vestuário do vinho se limita a isso, o que encurta bastante o restante da sedução. De qualquer modo, você precisa se extasiar diante da "robe" do seu Château. Você vai dizer, e tem razão, que a cor do vinho tinto é... tinto. Vermelho, em suma. Um esforço, vai, um galanteio fica bem. Por exemplo, chame-a de rubi. Se você não comprou um vinho *rosé* por engano, rubi é um comentário legal na certa.

Curiosamente, o ritual segue com um momento de onanismo peculiar. Na frente de todos, parentes e amigos assistindo, com ar compenetrado, você vai girar suavemente a sua mão segurando a haste, até o líquido sagrado libertar toda sua sensualidade. É fácil de fazer, não importa o vinho, dá pinta de quem sabe da coisa, e não precisa falar depois. Só tem que manter o controle do punho para o vinho não esparramar para fora da taça. É que um "cru classé" mancha como qualquer outro.

Acabou a aeróbica manual, vem a hora do nariz. As narinas na sacada da taça, você aspira delicadamente um odor sutil... de vinho. Calma. Ninguém consegue mesmo distinguir as nuances do buquê e a profusão de aromas florais, silvestres, campestres e sei lá o que mais que o seu Château supostamente esconde. Esconda o jogo você também. Disfarce. Sugira que tem um toque de baunilha e pimenta. Pega bem, e mais: a) tem uma chance em duas de ser verdade, b) se não for, ninguém vai saber. Caso tenha um metido a *expert* no meio da galera, então não fale nada, apenas estremeça um pouco o nariz e os lábios com ar de profunda satisfação. E respire fundo, pois chegou o instante crucial.

Hora de pôr a boca no mundo! O mundo segundo Graves. O evangelho segundo Saint-Estèphe. E a turma aguardando seu veredicto. O melhor é evitar se expor muito. Vale fazer beicinho equívoco, e lançar uma pergunta a todos e a ninguém, tipo "hum, o que acham?". Sempre tem um para bancar o mais esperto, algum audacioso que não teme passar vexame. Pronto, a prova coletiva foi lançada. O exército dos macacos vai comentando. É assim, o vinho fertiliza a imaginação. De repente se vê dotado de sabor de carvalho, de alcaçuz, de noz, de frutas silvestres, de trufa! Quanto mais se bebe um vinho, mais se enfia o nariz na terra da qual ele saiu. Ou então se confere a ele qualidades humanas insuspeitas. É carnudo, robusto, de constituição sólida, forte, cheio de vigor e de vida, viril. Ufa! Melhor ficar de olho, senão esse lenhador vai acabar estuprando alguma mocinha. Pode ser também vestido de uma cor aveludada, exalar um delicioso perfume suave, ser elegante, sutil, sedoso (pois é, sedoso!), maravilhosamente delicado. É um *mignon* das cortes renascentistas. Só falta falar alguma gracinha.

Estamos chegando ao fim. O êxtase pomposo termina. Você tem direito até a bocejo. Afinal, "cru classé" ou não, vinho é vinho e acaba dando sono.

O importante é que você percebeu o quanto ser bom de lábia ajuda a tornar-se enólogo. É claro que requer praticar com certa regularidade. Mas a relação esforço-benefício compensa. Quer ver? Dizem que o Brasil conta com cento e oitenta milhões de técnicos de futebol, certo? Com cinco copas conquistadas desde 1958, foram precisos trinta e seis milhões de técnicos para ganhar uma copa, a cada nove anos apenas. Nessa de pôr a mão na taça, o francês leva definitivamente vantagem. Cada um ingere em média cinqüenta e cinco litros de vinho... por ano!

Essa crônica deve ser lida com moderação.

Exercício de estilo

Um peota fracnês (Raymond Queneau) um dia esvreceu um lirvo indilutato "eccerixios de elisto". Nele, o nadarror entoncra, dertno de um ônubis unarbo, um suejtio jevom, com um peçosco garnde e um chépau imnucom. Doipes de tracor amgulas plavaras pocuo anemas com otruo peissagaro, o hemom jovem ahca um luagr viazo e se stena. Mias tadre, o nardarror ecnontra nomevante o rpaaz, em cornvesa amanida com um agmio que lhe achonsela levtanar o btoão do cacsao.

Essa cutra hirtsóia é nardara novneta e nvoe vzees, de nevotna e nove marienas derifentes. O excreício mais cruto, por emxeplo, é ardoxipamamente do jetio seungite:

O ôbinus cegha
Um gratoão sboe
Uma distupa ocrore
Haros dopeis
O asnusto é um bãoto

O lviro deu movtio a ciarção de uma peça de terato que aclançou um imseno susecso na Fanrça iteinra.

Eserpo que o letior barsilerio apecrie etsa hulimde hoemagnem, na fmora de um cnesitémo erecícxio de eilsto. O pxeterto, no csao, é uma cursiodaide lignüítsica, a cadaciapde do ser huamno de compdreener pfertiemaente um txeto, memso qudano a oredm das lteras nas pvarlaas foi ateralda, dsede que a pirimera e a umltia lerta de cada paalrva mnatnheam o seu lguar ongriial.